Théâtre contemporain de langue française

Enzo Cormann

La Révolte des anges

Donnant, donnant

エンゾ・コルマン

天使達の叛逆
ギブアンドテイク

訳＝北垣 潔

コレクション 現代フランス語圏演劇

07

日仏演劇協会・編

れんが書房新社

本書は下記の諸機関・組織の企画および協力を得て出版されました。

企画：アンスティチュ・フランセ日本（旧東京日仏学院）
協力：アンスティチュ・フランセ パリ本部
SACD（劇作家・演劇音楽家協会）

Cette collection *Théâtre contemporain de langue française* est le fruit d'une collaboration avec l'Institut français du Japon, sous la direction éditoriale de l'Association franco-japonaise de théâtre et de l'IFJ

Collection publiée grâce à l'aide de l'Institut français et de la SACD
本書はアンスティチュ・フランセ パリ本部の出版助成プログラムを受けています。
Cet ouvrage a bénéficié du soutien des Programmes d'aide à la publication de l'Institut français

目次

天使達の叛逆／ギブアンドテイク

天使達の叛逆

緒言

「天使を除いて、誰もそれ自身としては存在しない」。ベルナール・ノエルは『時代の凋落』の中に揶揄をこめてこう書き記している。これは、劇作家に向けられた、他者において表現せよ、という暗黙の誘いである。劇作家が他者であるのは、現実的に他者であるというわけではなく、またそれは非現実において天使であるのと同じ意味でそうなのであるが、劇作家は寧ろ物言わぬ者たち、死者たちのことを語るから他者として表現できると言うわけである。つまり彼は、仮定の上で「自分自身である」ことを夢見る者であり、一人一人の人間が持つそれぞれ独自の視点を、順繰りに皆の目の前で取り込んでみせる。「他者の言葉以外には何も話すべき事がないのに、私は話さなければならないのだ」という言葉をサミュエル・ベケットにも見ることができる。

かくして、ペルシアの王、つまり世界の王であるクセルクセスとその父大ダレイオスの亡霊とを登場させた、紀元前四七二年のアイスキュロスの悲劇『ペルシア人』以来、演劇は、皇帝であろうが奴隷であろうが、有名無名を問わず、生者死者の区別なしに、不在の者たちに言葉を語らせてきた。

スペインの小説家アントニオ＝ムニョス・モリーナは、それなしでは演劇が無へと帰してしまうこの自由について簡潔にこう述べている。「文学の核心、それは自分ではない人間の立場に身を置くことである」と。

作品への愛、その作者達への深い崇敬の念から、私は斬新な――死後の――顔合わせを想像することを夢見た。ジャズミュージシャン、チェット・ベイカー、画家ジャン＝ミシェル・バスキア、劇作家ベルナール＝マリ・コルテスである。（彼らは実際には一度も会ったことはないが、三人とも一九八八年・一九八九年に死去している）この三人の大物達が発する言葉が、純粋な虚構であることをはっきりと示すために、私は彼らに天使の名を与えたわけだが、それらの名は、彼らの生前かあるいは死後少し経って彼らを指して言われたいくつかの言い回しのうちで、私にとって最も正当で最も親しみのこもったものの中からとられている。すなわちチェット・ベイカー（ジェラール・ルイ）には「嗄れ声の王子」、ジャン＝ミシェル・バスキア（ルネ・リカール）には「光り輝く子供」そしてベルナール＝マリ・コルテス（パトリス・シェロー）には「陽気な無法者」という具合である。〔括弧内は、三人の芸術家に与えられた天使の名で彼らを呼んだ人びとである〕

私は劇本体の中で一つのプロセスを想起させる責任を彼らの中の一人（陽気な無法者）に託し

た。つまり、彼ら現代の偶像一人一人が、自分のものではない他者の言葉を与えられていくプロセスである。その言葉とは、詩人のそれである。詩人とは、この三人を愛した生きた人間たち、個人的に三人を知らないながら、彼らの作品を愛し、作品を通して彼らを愛した人たちの群れの主観的な代弁者である。私は、これら生きた人間たちが、彼らの墓碑として私がこの戯曲を創ったことを正当だと考えてくれるのを願うばかりである。そもそも私は、『天使達の叛逆』に、最初副題をつけようと思っていた。すなわち、「チェット・ベイカー、ジャン＝ミシェル・バスキア、そしてベルナール＝マリ・コルテスの墓碑」という副題を。しかしながら、最終的に、このような称賛の決まり文句とは距離を置くことにした。この手の決まり文句は、さまざまな記号と善意を浴びせられるという、厄介で（そして余りにもしばしば起こる）災難に見舞われ、生身の詩人達が物として扱われ、結果言葉の真意が歪められてしまうからである。これこそまさに、後世の人たちによって閉じ込められた棺の中で、聖人のように美化され諂われて窮屈にしている三人の天使が反抗しようとするものである。あるロシアの諺にはこうある。「お前の頭が、お前を称賛する人たちの手に捉えられないように注意しろ」。

E・C

〔作品中、括弧で囲まれた部分は、話し手（登場人物）の作品、出版された対談から、あるいはセリフのやりとりの中で言及されているさまざまな作者の著作からの引用抜粋である〕

人間の、すなわち天使の尺度（「ヨハネ黙示録」第二十一章十七節）

1　二人の間

陽気な無法者　誰かいるのか？
光り輝く子供　振り向くな
陽気な無法者　しゃべってるのは誰だ？
光り輝く子供　振り向くな
　　　　　　　顔は饒舌すぎるから
　　　　　　　頭が混乱しちまうぜ
　　　　　　　続けな
陽気な無法者　俺の顔のことを言ってるのか
　　　　　　　誰が俺の顔を知ってるって言うんだ
　　　　　　　この時代に、人の顔を知ろうとする暇なやつがいるか？
光り輝く子供　俺の頭を見れば顔はわかっちまう、俺の顔がな
陽気な無法者　俺たち二人の顔の間には一つの空間がある

それについてはずいぶんと考えてきたのさ俺は
空間なんて俺にはこれっぽっちも見えないぜ
二人の人間の間の空間は、ちょうど二つの文章のそれと同じさ
文章それ自体も空間だらけなのさ
光り輝く子供
陽気な無法者

あんたと俺の間にはなにもありゃしない
俺たち二人の間には、一冊の本の空間がある。人類の沈黙全体を汲み尽く
してしまうような一冊の本
地球にいる人間の数と同じだけの言葉を入れておくのに十分な空間
言葉一つ一つの間にも同じだけの空間がある
光り輝く子供
陽気な無法者

そして、言葉の丸い窪みの中に、幾世紀を夢見るのに十分な空間がある
ペンはページの上で宙づりになり
両目は部屋の取るに足らない細部に釘付けになり
頭の中には誰も足を踏み入れたことのない道が行き来する
ということは、おまえは本を書くんだな。で?
光り輝く子供
陽気な無法者

俺は本を書いていない
だが、何百万という本が書かれてきて

その中の数冊の表紙に、俺が生きていたときに持っていた名前が記されている

光り輝く子供　ベルナール＝マリ・コルテス

陽気な無法者　俺を知っているのか？

光り輝く子供　振り向くなよ
あんたの名前は知ってるさ
だが、名前って一体何だ？
本って一体何なんだ？

陽気な無法者　名前それ自体に意味はない
一冊の本以上にな
俺の名前がついた一冊の本
これでようやく痕跡が残るのさ
痕跡って言うのは
俺の痕跡だ

光り輝く子供　あんた達作家連中のおかしなところを言わせてもらうよ
人間が一人いると、そこから二人の人間を作り上げる

陽気な無法者

顔が二つあると、空間を見ようとする
考えが一つあれば、質問を一つ読み取ろうとする
顔が一つあれば、何を見ているのか考え始める
けどね、秩序が本当に存在するのはアルファベットの中だけ
あるいは、雑貨屋のショーウィンドウで売っている筆箱の中だけなのさ
世界は皺くちゃなのにあんたの紙は非の打ち所がない
主語、動詞、目的語と順路通りに辿っていく
世界は紙くずのようなものさ
あんた、俺、世界、場末のバー、要するにカオスさ
カオスを写真におさめた一瞬（追加でアクリルが流出してもそれは無料）
……
おい、コルテス
聞いてないようだが
いや、黙っていただけさ
一人が黙る、もう一人が独りでしゃべるにはそれだけで十分さ
俺が知った人間の中で、何日も寝ずに話し続けることができるやつは五万

といるが
一分以上黙っていることができる人間はほとんどいない
俺は、書き始めると同時に黙るんだ
すでに俺はほとんどしゃべっていなかった。ただそれでもしゃべりすぎていた
静かにしゃべっていた。ただ、それでも声が大きすぎたんだ
おまえと一緒にいると、必要以上にしゃべらなきゃならないと感じてしまって、俺が言うことは、心ならずも口からもれる
俺を通して出てくるんだ
俺が死んでからというもの、いくつもの声が立ち上がって
毎日俺の墓の周りで数を増していく
その声の中に、俺がおまえに話しているときに聞こえる声がある
でもそれは俺の声じゃない
その言葉は俺の言葉じゃない
俺の声、あるいは俺の言葉同様に、俺が無から目覚めさせて、言葉の際限のない迷宮に、声として投げ入れてやった作中人物達の声や言葉も俺が生

きていた時のものじゃない
光り輝く子供　「作中人物のおまえさんよ」こっちを向きな
……
それだからどうしたんだ？
陽気な無法者　言ってみな
おまえの写真をたまに雑誌で目にしたことがある
おまえはジャン＝ミッシェル・バスキア
ニューヨークで生まれ死んだ画家
ほら、俺とおまえの間には一つの都市があるじゃないか

2　恋は盲目

嗄れ声の王子　沈黙
そのまま沈黙の重みを測って
沈黙を頭の中に思い描く

音楽による沈黙
音楽の中の沈黙
二つの音符の間にある沈黙以上の沈黙なんかない
二重カギ括弧を開くように、おまえは最初の音符を吹く
音を繋ぎあわせる以外に解決策はない
音色がどんなものだって、二つ目の音符がことを解決してくれる
だが、二つ目の選択に三つ目の全てはかかっている
その時から、おまえは自由を失うんだ
頭の中に浮かぶことを歌い、皆が知っている歌のように演奏し
目覚めるようにソロを歌う
そこでは、悔恨と苛立ちとが
沈黙への郷愁となにかを言いたいという欲求とが同じだけない交ぜになっ
て
沈黙を別の次元へと運んでいく
……
この沈黙の三拍子は、チェット・ベイカーの贈り物

チェット・ベイカーがこの沈黙を作曲し
チェット・ベイカーがそれを演奏し
チェット・ベイカーがその沈黙を破った
いまチェット・ベイカーは、最初の音符を吹こうとしている、だが……
……
誰かに俺のトランペットが盗まれた
大量生産のトランペット
まったくどこにでもあるような楽器
俺のペットが二十個集まったって、一台のアルファ・ロメオ一六四に及ばない
十台のアルファ・ロメオ一六四は、シュヴルーズの谷にある一件の家に及びもしない
……
「シュヴルーズの谷の五軒の家があったって、俺の愛をおまえの手に取り戻させるには十分じゃなかっただろう」（ソロ終了）
……

駄目だ、違う
沈黙。それはよしとしよう
俺は沈黙を決してスタイルとして考えてこなかった
俺というブランドも同じようにな
……
長くしなやかなフレーズ？　そうだ
……
瞑想的？　その通り
……
なにかを問いかけるようなフレーズ？　そうその通り
……
閉じちゃ駄目だ
こいつを終わりにしちゃ駄目だ
「おまえは誰だ？　俺に何を望んでる？　いつ俺から離れていくんだ？
それとも離れていかないのか？」
指はビロードの上を絶え間なく彷徨っている

儚い瞬間を描くように
その間、心は思うがままに彷徨う
そして、チェットの魂はドクドクと音を立てている
その間、このクラブの悲しげで、薄汚く、ぎっしりとなにかが詰まったような空気の中を
一人の女のイメージが漂っている、その笑いは少しばかり、
……
疲れ切った笑い
……
「美しいおまえ！　俺のことを愛してくれるかい？　おまえは本当に存在しているの？　どこに行ったら会えるんだい？　もう行ってしまうのかい？」（第二ソロ終了）
テーマの反復
「沈黙。それはよしとしよう
俺は沈黙を決してスタイルとして考えてこなかった。フレーズは」（等々）
ドラムはすさまじい力で叩き

ピアニストは余計な音を奏でる
ベーシストはオーケーだ
聴衆は……

……

ここ、正面、あそこ、すぐに沈黙がおとずれる
鬱蒼とした茂みのような欲望が発する期待の分厚い密林
カラカラに乾いた喉とため息に覆われた欲望
一体奴らに何と言えばいいんだ？
トランペットを盗まれた、と？
ピストン用の油を入れ歯の固定剤と間違えた、と？
俺のマネージャーの顔にペットを投げつけた、と？
怒りでペットを折ってしまった、と？
上唇におできができた、と？
これら全て本当のことで、これら全てだけが、紛れもなく真実だ、と？

……

歌が語る愛の物語よりも、歌そのもののほうが多少とも現実なのだろう

か？

死を思い起こさせる歌よりも、死そのもののほうが多少とも現実なのだろうか？

俺は歌う、歌わなければならない、みんな俺が歌うのを待っている
世界が俺の歌を待っているが、俺は現実であるためにそうするのか？　それとも現実であることをやめるためになのか？

歌を歌っている人間より、歌は多少とも現実なのだろうか？

歌は何と言っているんだ？


……

部屋の小さなテーブルの上

アムステルダムのプリンス・ヘンドリックホテルの三階
俺は粉袋を二つ開けた
家を借りるために取っておいた金で買った粉
愛しいおまえ
だけど愛は

盲目さ

コカイン四グラムにヘロイン六グラム
スプーン、皮下注射器、カミソリの歯、手鏡
五月のあの夜、俺は窓を開け
不吉な小道をいつまでも眺めた
愛しいおまえ
だけど愛は盲目さ

大きく開かれた窓の長方形が切り取られて
薄紫色のタペストリーの上で、緑色を含んだ黒い影になっていた
ヤクでとってもいい気持ちになって、俺は遂に見分けたんだ
モノクロームの闇の中に筆の痕跡を、材質感を
左下の隅に、殴り書きをね
そこにはおまえのサインが書いてあった
愛しいおまえ

だけど愛は盲目さ

真夜中に、おまえに話がしたいという激しい欲求に襲われて
俺はおまえの電話番号を押した
だが、国際電話はかからなかった
お前のことだけを考えていた、そしてホテルの夜勤係を探しに外へ出よう
として
ドアと間違えて黒い長方形の窓を通って
三階から下に落ちて俺は死んだ
愛しいおまえ
愛は盲目だからね
……
皆が、チェット・ベイカーが歌うのを待っている
世界はチェット・ベイカーからもう何も期待しない
時制の一致の問題
テンポの問題

人はいつも自らの死を生きる前に、その死を歌うことに気を配っているに違いない
俺みたいに自らの死を死ぬことなく
そして永遠に死者として生きることなくね
保存され、整理され、デジタル化され
複製となって延々と円環を描くようにソロを歌うことを余儀なくされ
どこまで行っても自分自身と同じ、見たところ天才的だが現実には死んだ物となって
俺は皆が何を望んでいるかをよく考えてみるんだ
チェット・ベイカーか？　チェット・ベイカーの伝説なのか？　或いはチェット・　ベイカーの法螺話か？
あるいは又、死が皆と同じようにチェット・ベイカーを奪っていったのだから、彼がチェット・ベイカーであることに何の役にも立っていないことのチェット・ベイカー自身による証明なのか？
そう、だから奴らは俺たちをミイラにして、死体を素敵な慰みものにするのさ

3　黒と白

光り輝く子供　やつを知ってる？
陽気な無法者　名前はね
光り輝く子供　やつはバード〔チャーリー・パーカー〕と一緒に演(や)ってたのさ
陽気な無法者　バードってそんなに凄いのか？
光り輝く子供　そんなに凄いのかだって？
　　　　　　　バード、マイルス、レスター
　　　　　　　レスター・ヤング、プレズ、プレズ、プレジデント！
　　　　　　　ディジー
　　　　　　　ディジーの吹くペット、おまえはその耳で聞いたことがないのか
陽気な無法者　お前の耳に聞こえるようにはな
光り輝く子供　俺が俺の耳でどんな風に聞いてるかなんてわかりゃしねえじゃねえか
　　　　　　　俺の絵は俺の頭の中にある下書きさ

俺の頭は全部耳なのさ、俺は目を信用しちゃいない
俺はドラマーとして、ラッパーとして、バードの息子として描くんだ
あちこち飛び回りながら、コルトレーンみたいに即興的にさ
フォルティッシモのアクリル絵の具、アップテンポのオイルパステル
俺は魔術師
俺の耳は神の耳
人間は喋り、神々は笑う

陽気な無法者　死にそうだ
嗄れ声の王子　あんたにはわからないさ
光り輝く子供　俺に向かってアフリカ人を演じるのはよしな
陽気な無法者　へとへとさ
嗄れ声の王子　そもそも、「あんたにはわからないさ」は白人のフレーズだぜ
陽気な無法者　「白人のフレーズ」
光り輝く子供　（嗄れ声の王子に向かって）
　マイルスのことを話してくれよ
嗄れ声の王子　マイルスにとって、俺は何者でもなかった

俺は寧ろ臆病な男
奴と同じ楽器を奏でることの居心地の悪さ
白人に生まれたことの過ちを体現しているとでも言ったらいいかな
下らないことは言うな

光り輝く子供
で、バードは、どんな奴だった？

嗄れ声の王子
怖いオヤジ
タコスばかり食ってる奴
とっても気を使うけど孤独な男
恐ろしいほど孤独な男

陽気な無法者
俺たちはどうしてここにいるんだろう？

嗄れ声の王子
いい問いかけだ

光り輝く子供
白人の問いかけさ

嗄れ声の王子
黒い人間はなんて言うんだ？

光り輝く子供
俺たちは
いる
ここに

4　旧世界としてのアーチストのポートレイト

光り輝く子供

俺たちは、すね、お腹、咽頭、卵子、脾臓、右心室、左心室、鼻中隔
俺たちは、レイヨウ、カリブー、タマジカ、ヘタジカ、ハイエナ、ジャッカル、エレファント
俺たちは、血、糞、しょんべん、粘液、洟汁、スペルマ、胆汁さ
俺たちは、コルゲート、ペプシ、キャンベル、CNN、フォード、ディズニー、マルボロ、バドワイザー
俺たちは、バド・パウエル、デューク・ジョーダン、マックス・ローチ、トミー・ポーター、そしてジェームズ・ムーディー
それが俺たちさ！
この世で分類不可能な、分類不可能な俺たち
あんたは陽気な無法者、あんたは嗄れ声の王子殿下
そして俺は陽気な子供、ズールーの王様、人々にあれほど惜しまれつつ

逝った優美なアンディー閣下の僕(しもべ)、異教の聖なるウォホール帝国の征服者、
創始者兼唯一の所有者であるアンディーのかつては落書きをしていた僕
閣下がお望みとあらば、猿にもなるし、マリリンにもなる、残忍なミッ
ク・ジャガーにだってなる
俺たちは、「英雄的精神、忠誠心、ストリート」〔バスキアの絵のテーマ〕
誘惑、失墜、聖性、幻影、そして息吹
「俺たちはここにいるんだ！」
消された痕跡の中、残された痕跡の中に
関節の中、関節の痛みの中に
一語一語の中、その一語一語の吃りの中に
ビッグバンの中、ビッグクランチの中に
黒い穴の中、白色矮星の中に
ヤクの欠乏の中、ヤクの過剰摂取の中
「俺たちはここにいるんだ！」
額縁一杯に、額縁の外に、額縁をぶっつぶしながらいるんだ（額縁って、
一体何なんだ）

何かがあるところならどこにでも俺たちはいる
俺たちの目は数千年前に消えてしまった星々を見ている
死んだ星は俺たちの人生を照らし、輝く星は俺たちの死を照らしている
目は時間を横切り、耳は空間を貫く
俺たちの根は俺たちの土台を持ち上げ、正面に傷をつける
姿見を見てみな、ほらそこに謎めいた奴がいる
謎はおまえの顔
顔をどう描くか？
何故顔を描くのか？
どうやって、何故描くのか？
答えは顔の後ろにある
描くというのは一つの謎
その謎は、四五億五〇八七万八三四二個の質問に分解される
（その謎は、世界が広がり続けていることを見逃してはいない）
全てのリストには価値がないが、全てのリストは互いに同じ価値を持つ。
質問リスト、洗剤の銘柄リスト、春に開花する植物種のリスト、腕の筋肉

リスト、アメリカ合衆国大統領のリスト、買い物リスト、モハメド・アリ
が勝利したボクシングマッチのリスト
世界のリストを作るんだ、おまえの笑いが発する「ホー」と「ハー」のリ
ストを作れ
損傷不能な俺たちは、この世では分類不能なのさ
ホー、ホー、ホー、ホー
ハー、ハー、ハー、ハー
かき削るべき物なんてこの世には何にもない
アーチストの肖像画「若き敗残者」
アーチストの肖像画「若き死者」
アーチストの肖像画「若き王」
ホーホー、ハーハー
若い王のほとんどが首を切られちまう
ハーハー、ホーホー
首を切られちまうんだぜ
ホー！

5　一緒に

嗄れ声の王子　白人の別の質問がある
何故俺たち三人なんだ？　つまり、三人は一緒にいるのか？　ってことさ
一緒にいる、とは俺は思わないね

陽気な無法者　最終の地下鉄に乗った三人の人間、その三人なら一緒に行くと言っていい
が
それぞれの疲労の中に閉じ込められて、前日よりも更に退屈な明日という
眺めに取り憑かれている三人の旅人ほど一緒というのがそぐわない人間も
いないからね

光り輝く子供　隣り合った三軒の家を仮定してみる
人を近づけないように目張りをされて、どの家も他の二軒がないと言わん
ばかりの様子をしている
それを見ると、取り組み前の相撲取りを想像するだろう

次に、俺が思うように絵を描いた後の同じ三軒の家を仮定してみる
俺が描写した家と言ったほうがより正確かも知れない。汚した、狂乱させ
た、爆発させた、分解した、と言っても同じことだがね
すると、三軒の小屋が、踊って、飛び立って、接吻しているようには見え
ないだろうかね？
バスキアのサインの入った乱痴気パーティー、騒々しいダンス、殴り合い、
ごた混ぜ
(『俺は夢を見た』工業用ペンキと〔いくつか違法のものを含む〕さまざまな物
質で、モルタル壁、窓、瓦、錬鉄性鉄格子の上に描かれた、幅二六メート
ル三センチ、高さ四メートル五八センチの作品)
そして今や、この三軒の小屋が一緒になって一つのイメージを作っている
俺のイメージ
俺の関心を引く唯一の問い、それは
「俺は何が欲しいか？」だ

陽気な無法者

俺の問いは
「何が起きているんだ？」さ

あんたは？

嗄れ声の王子　「一体何を
やりゃあいいんだ？」

光り輝く子供　その答えは予想外だな

嗄れ声の王子　単純な問いが複雑な問いの振りをするのが嫌いなんだ
一つの音符で言えることを十五の音符で長々と言うのも嫌いさ
俺の人生の意味を俺が言う時に役立つ言葉がある。その言葉の意味を他の
誰かがやって来て俺に言って欲しくないのさ
だから俺はあんた達が嫌いだ
あんた達が俺を嫌いでも何の問題もない
あんた！　あんたは俺の音楽を好きじゃない

陽気な無法者　おまえになにがわかる？

嗄れ声の王子　おい小僧、おまえは人種差別主義者だ

光り輝く子供　その言葉、取り下げろ！

嗄れ声の王子　あっちへ行きやがれ！

陽気な無法者　「時間は定かではないが

冥府のどこかで
二人の天使が闘う
若いほうが優勢で
年上の天使の腹と顔を殴る
やっつけられた天使はうめき気絶する」
なんだいその物語は？
光り輝く子供
陽気な無法者
嗄れ声の王子
平凡な物語さ
それは俺の物語
そこに歯を二本置いてきた
三年の間一つの音符も吹くことができなかった
奴らは二人だった
光り輝く子供
嗄れ声の王子
陽気な無法者
光り輝く子供
陽気な無法者
そうらしいな
奴らは二人だった、くそったれ！
二人の若い黒人
「あんたに何がわかる？」
そんな風に思えたのさ

嗄れ声の王子　その通りだよ
　二人のクロ
陽気な無法者　麻薬密売人
光り輝く子供　間違ってたら止めてくれてもいいが、鼻に骨を刺していたとか
陽気な無法者　一人は背が高く
歩道の上の数ミリのところを浮かんで歩いているようだった
頭は歩道に彫り込まれたようで
結んだ手を頭の上にのせてまるで漂っているかのように歩いていた
もう一人は巨漢で丸々として
どっしりとしてはいるが太っているわけではない
目は恐ろしいほどきょろきょろとして
手や靴を行ったり来たりしている
手と靴を交互に見ながら
二つの武器のうちどちらを最初にあんたに使うべきか迷っているかのよう
だった
嗄れ声の王子　始まりとしては上出来だ

光り輝く子供　ただのひでえ紋切り型にすぎねえ
嗄れ声の王子　まさにそれが問題なのさ
光り輝く子供　人生なんてほとんど紋切り型の掃きだめにすぎない
そして運命のもっとも下らない紋切り型、それは人種差別主義者の一粒の
コーヒー豆を精製する二錠のアスピリン
嗄れ声の王子　一九七五年七月、ウンブリアのジャズフェスティバル
極左のイタリア人達が、俺のコンサートの前にビラを配りやがった
「国際資本主義の支持者、チェット・ベイカー
黒人ミュージシャンのヒモ、チェット・ベイカー
新奴隷制支持者、チェット・ベイカー」
俺が舞台に上ると、何千ものイタリアの若者が
俺と同じように肌の白い若者達が
立ち上がってやじり始めた
その時、エルヴィン・ジョーンズがマイクまでやって来て
俺の肩を摑んでこう言ったんだ
馬鹿げたことはやめろ

チェットは俺たちの仲間だ
チェットは素晴らしいミュージシャンだ、とね
光り輝く子供
本当にそう言ったのか？
嗄れ声の王子
その通りで、旦那
光り輝く子供
エルヴィン・ジョーンズが？
嗄れ声の王子
まさにエルヴィンがね
それじゃあおまえには都合が悪いとでも？
光り輝く子供
そんなこと言ってやつにとって何になる？
奴らはエルヴィンを白い肌をしたニグロ呼ばわりしたさ
嗄れ声の王子
じゃあおまえならどうした？
あんたをマイクから引き離して、こう言ってやったさ
光り輝く子供
こいつを奴隷制支持者あつかいするなら
おまえ達は俺たちを奴隷扱いしてるってことさ
俺たちは奴隷じゃない、俺たちはアーチストだ
俺たちは亡命したアフリカの王子さ
アフリカはおまえ達の罪

陽気な無法者

アフリカはおまえ達の悪夢
アフリカの王子を軽蔑してるかい？
アフリカの連中はあんた達が嫌いさ
俺はアフリカ人を軽蔑しちゃいない。たとえ、彼らが王子の振りをしていてもね
俺はアフリカ人が好きさ、でもアフリカが俺を憎んでる
おまえが俺のことを愛するのを妨げているもの、それをおまえはすぐにアフリカ、奴隷、植民地って言葉で飾りたがる
おまえが恥ずかしさから感じてしまう余りにありきたりな白人の軽蔑を覆い隠すためにそうするのさ

光り輝く子供

俺はアフリカに一度しか行ったことがない
だが、俺の記憶はアフリカの記憶さ
あんたは三六回アフリカに行った
だが、あんたの記憶は植民地のそれさ
あんた達がアフリカに行く、そしてこう言うんだ
今や俺はアフリカを知っている、と

ちょうど殺し屋が獲物についてこう言うようにな
俺以上にこいつのことを知ったやつはいない、と
あんた達はアフリカ人と付き合う、そしてこう言うんだ
西欧を知れば知るほど、俺はアフリカが好きになる、と
ちょうどこんなことを言う西欧人みたいにな
俺は人間を愛せば愛するほど、獣が好きになる、と
俺たちは三人の忌々しい西欧人さ
俺たちゃあ三人の忌々しい死人さ
俺たちは三人の忌々しい天使
嗄れ声の王子
光り輝く子供
陽気な無法者

6 天使のツラ

陽気な無法者
三人の忌々しい天使、その通りさ
だが、俺がどうしても覚悟を決められないのはまさに天使になることさ
俺たちはどこにもいない

俺たちはどこから来たわけでもない
あらゆる自明の理に反して、俺たちは俺たち自身を産みだしたんだ
俺たちは自分を探してきた、そうするうちに認められたんだ
俺たち自身が、自分が何者かを知らなかったというのに
俺たちは多くの旅をしてきたし、俺たちの作品は更に多くの旅をしてきた
俺たちがただ横切っただけの国々を
俺たちが決して知ることがなかった人びとが
俺たちの作品は俺たちに似ていると言った
俺たち自身、もはや何に似ているのかもわからなかったのに
結局のところ、一冊の本、一枚の絵、一枚のレコード以上におまえに似て
いるものはないことを感じて、お前は苦しむのさ
芸術が生命の恵みだとする
というのも、芸術は、言葉や音符や絵の具といった生気のない物に動きを
注ぎ入れるからな
そうすると、芸術は死の恵みだと言うのもまた真実だということになる
なぜなら、芸術は、物体を巧みに人間に置き換えてしまうから

こうして俺たちの同類は、生きている俺たちを天使にしてしまうのさ
もはや俺たちの死だけを心待ちにして、自分たちの度を超した称賛を思う存分ぶちまけようとしているのさ
間違いなく、死者の名を称賛するほうが都合がいいからな
あんた達と同じ時に、靴の中におしっこをしてはいけません、ってことを憶えたと思われている同類に称賛を与えるよりはね
要するに、アーチストは、本、レコード、絵を通して同類に触れようとするが、
それらが結局のところアーチストを彼らから遠ざけてしまうものになる
……
俺は死んだ。他の多くの奴らと同じようにこの世紀の終わりに
欲望を飛び越えて
他の多くの人間が、俺を求めることを願って
この俺を
俺の本ではなく
俺の名声ではさらさらなく

だがね、俺の欲望に反応する奴らの多くは
俺が天使の顔をしている、と思っていたんだ
けど、あんたが天使の顔をしているのは本当だぜ
自分固有の美しさを演じる唯一の方法、それはその美をめちゃくちゃにすることさ

光り輝く子供
嗄れ声の王子

俺は忍耐強くゆっくりとそうしてきた
三十年の間、執拗に、一グラムずつ
三十年の間、一本一本打ち込んで、おれは元々の図面を削除したんだ
俺が思い描く考えに一致させようとしてね
だがな、四十歳になってわかったんだ、それは絶対うまくいかない、ってね
俺は相変わらず同じ距離だけ自分からかけ離れていて
多分十五歳の時よりも更に自分自身から遠くにいたんだ
その時、俺は喧嘩して、上部左の切歯を失ったってわけさ
口の中のこの穴のお陰で俺は天使からはほど遠いところにいられた
だが、その穴がふさがると天使は飽きもせず俺をつけ回し始めたのさ
……

光り輝く子供　場所を変えないか？

7　ロード・ムービー

陽気な無法者　できると思うかい？
光り輝く子供　やろうと思うだけで十分さ
　　　　　　　チェット、さっきどこにいたんだっけ？
嗄れ声の王子　確か、トスカーナ地方の葡萄とオリーブの木のあいだを蛇行していくまっさらな歩道だったな
　　　　　　　白い服を着て、白いリム、白い皮の座席のついた白いアルファロメオのカブリオレに乗っていたんだったな
光り輝く子供　鼻の中には一杯にヤクを吸い込んで
　　　　　　　ＢＧＭは
嗄れ声の王子　天使のブルース
　　　　　　　トスカーナの田舎のあちこちに、天使のジャズをまき散らしていた

光り輝く子供　チェットは神のごとく車を走らせ
嗄れ声の王子　猛スピードだ！
光り輝く子供　チェット、発車するのに何を待ってる？
嗄れ声の王子　おまえが発車しろっていう合図さ、坊や！
光り輝く子供　よし、出発だ！
陽気な無法者　何が起きてるんだ？
光り輝く子供　あんたは何が欲しいんだい？
嗄れ声の王子　一体何をやりゃあいいんだ？

（三つの質問は競うようにわめき声で繰り返される）

光り輝く子供　飛んでるぜ、チェット！
陽気な無法者　飛ばしすぎだ！
光り輝く子供　あんたはまだ何も見ちゃいないぜ！
嗄れ声の王子　音の壁を越えること
　　　　　　　俺の夢さ！

陽気な無法者
嗄れ声の王子
光り輝く子供
陽気な無法者
嗄れ声の王子

光り輝く子供
陽気な無法者
嗄れ声の王子

光り輝く子供
嗄れ声の王子

なにをそんなに急いでるんだ？
オーガズムを感じること
何をそんなに恐れているんだ？
もうオーガズムを感じられなくなること
神は自らの姿に似せて人間を創造された
そして人間はおんぼろ車を造った
もっと速く、チェット！
何よりも速く？
音楽よりか？
落ち着きな
俺はリズム感はあるし
頭の中身は欲動だらけ
出口はわかんねえけどな
あいつを追い越せ、チェット！
はな垂れ小僧
パパに任せときな！

陽気な無法者　前に注意しろ！
嗄れ声の王子　ほら上手くいったぜ！
光り輝く子供　見事だ、チェット！
陽気な無法者　むしろ運がよかったと言いな
嗄れ声の王子　精度と予測
　全ては予測の中にあるんだ
陽気な無法者　カンフーのようにな
　一撃を感じる前にやられちまうんだ
光り輝く子供　あんた、カンフー詳しいのか？
陽気な無法者　ドラゴン危機一髪、ドラゴン怒りの鉄拳、ラスト・ドラゴン
　知ってるか？
光り輝く子供　映画だろ
陽気な無法者　素晴らしい映画だ
嗄れ声の王子　だがな、これは映画じゃないぜ
光り輝く子供　一七〇キロで本当に走ってるんだ
嗄れ声の王子　一七五だ

陽気な無法者　こんな映画はどうだ？
そうだな、芝居でもいい
俺たちみたいな三人の野郎が
時速二〇〇キロで突っ走るオープンカーに乗ってカンフーの話をしている
嗄れ声の王子　監督の電話番号教えな
俺が音楽をつけてやる
光り輝く子供　映画なんてなんになる、って言いたいがね
陽気な無法者　俺に言わせれば、二〇〇キロで車ぶっ飛ばして何になる？　だな
嗄れ声の王子　おまえ達と一緒だと、走ってる音が聞こえなくなっちまう
音楽をかけろ！

8　夜想曲

陽気な無法者　眠ってるね
嗄れ声の王子　まだガキだからな

陽気な無法者　子供はいるのかい、チェット？
嗄れ声の王子　うーん
　　　　　　　あんたは？
陽気な無法者　いない
　　　　　　　……
　　　　　　　どうしてか聞かないのか？
嗄れ声の王子　俺には関係ねえ
　　　　　　　……
　　　　　　　美しいと思わないか？
　　　　　　　つまり、夜とか、田舎とか、これら全てが
陽気な無法者　ああ、だがその話はやめよう
　　　　　　　……
嗄れ声の王子　本を書こうとしたことがあるんだ
陽気な無法者　書こうとした？
嗄れ声の王子　ああ、書こうとしたんだ
　　　　　　　……

セーターの糸をほどいて、それで自分に糸玉を作ってるって感じかな
セーターの半分、糸玉の半分まで来た時
こんなことを考えたんだ。誰かがやって来て、こう提案するとする
俺の持ってるセーター全部と糸玉一ケースを交換しよう、と
で、俺は鼻でせせら笑ってやるだろなあ、ってね
陽気な無法者　で、自分をせせら笑った
嗄れ声の王子　うーん
……
どう思う？
陽気な無法者　糸玉では満足できないって考えるんだな
俺の場合は、糸をほどきながら編むんだ
嗄れ声の王子　何を作ろうとするんだ？
陽気な無法者　セーターのようなもの、だと思うが
嗄れ声の王子　けど、確信は持てない
陽気な無法者　俺の目的はセーターじゃないし
セーターのようなものでもない

嗄れ声の王子　糸をほどいたりまた編んだりすることなんだ
「完璧さはその行程の中にあった（と、ある詩人は書いている）
痕跡の中にあるなんてことがありえようか？」とね
陽気な無法者　フランスの詩人かい？
嗄れ声の王子　そう、フランス人だ。（原注：ベルナール・ノエル『時代の凋落』）
やっぱりな
……
陽気な無法者　とってもいいフランスのミュージシャン達と知り合いになった
嗄れ声の王子　本当かい？
ああ
……
陽気な無法者　俺の好きな作家はアメリカ人さ
嗄れ声の王子　本当に？
陽気な無法者　ああ
……
嗄れ声の王子　素晴らしいと思わないか？

　　　　　　　……
陽気な無法者　行こうか？
嗄れ声の王子　行こう
　　　　　　　……
陽気な無法者　知ってるかい？
嗄れ声の王子　え？
陽気な無法者　俺たちが今口にした言葉さ
　　　　　　　そう、ある芝居の最後の二つのセリフさ
嗄れ声の王子　残念だな
陽気な無法者　一人目が「さて、行こうか？」と問いかける
　　　　　　　二人目が「行こう」と答える
　　　　　　　作者（ベケット）はこう付け加えたんだ「彼らは動かない」
　　　　　　　これが芝居の終わりさ
嗄れ声の王子　あんた信じてるのか？
陽気な無法者　何を？
嗄れ声の王子　終わりのない物語

陽気な無法者　何も決して終わることはない。違うか？
嗄れ声の王子　ある晩、もう血管の中に送るべきヤクがなくなる
朝、血は血管の中で流れを止めてしまう
音楽、あらゆる音楽は遅かれ速かれ鳴り止んでしまう
スクリーン上に、あるいは頭の中に、遺伝子プログラムに中に「終わり」
の文字が浮かぶ
全ての物語は終わるんだよ、あんた
ベケット氏が何を書いたにしても、だ
陽気な無法者　いいだろう、勿論全ては終わるさ、だがな、終わるのは見えないんだ
芝居は終わることなく止まる。登場人物達は自分の終わりを思い描くこと
ができないからさ
彼らは死ぬ、だが、自分たちの死を見せるためのなにかを、俺たちに与え
ることはできない
彼らは無意味なつまらない物になってしまうが、無意味な物はそれ自身に
ついて何も語ることができない
だからある意味、何も終えないことのほうが正しいと言うことになる（た

とえ全てが終わるとしても、だ）
俺たちが終わりを口にする前に、終わりは俺たちを飲み込んでしまうからね

嗄れ声の王子
俺の場合、一度として一小節の途中で曲を終わりにしたことはない
この種の中断は七〇年代に大いに流行ってね
世界の終わりまで続くかのように演奏していたと思うと
突然――しっ！――演奏をやめるんだ
驚いた観客は沈黙に拍手喝采し、天才だと騒ぎ立てたものさ
沈黙はいつも強い。なぜなら沈黙には、あんたが口にしなかった言葉全てが含まれているからね

陽気な無法者
あんたが死んだお陰でやらかさなかったことが、結局、生きている間にやっちまったことよりも重みを持つことになる（それに若くして死ねばそれだけ、死んだやつは拍手喝采されるってわけだ）
なにかを終えなければ終えないほど人はあんたのことを理解する
理解したいと思うことを人が最もよく理解するのは死人の口を通してだ、ということもあるがね
むかつかないか？

嗄れ声の王子　ああ、むかつくね

（彼はトスカーナの夜の中で呻き声を上げる）

二人で　（はっきりとした声で）むかつくぜ！　むかつくぜ！　むかつくぜ！

光り輝く子供　（飛び起きて）何が起こったんだ？

9　アンディー（ウォホール一九三〇〜一九八七）の記念に

光り輝く子供　誰がしゃべってたんだ？　しゃべっているのは誰だ？　俺か？　アンディー
あんたなのか？
誰かがしゃべるためには、同類が聞いてやらなきゃいけない
誰かが俺にそのことを教えてくれた。アンディー、あんたなのか？
あんたなのか、兄弟？
俺たちを同類にしたのは何なんだい、アンディー？

同じ種に属し、その種の同じ雑踏の中に紛れ込んだら、俺たちは間違いなく似ても似つかないものになっちまう
種が挫折するまさにその場所で、コカコーラが勝利する、とアンディーは言った
デモクラシーの証拠、とあんたは言っていた
つまり、俺がコカコーラを飲みながらエド・サリヴァンショーを見ていても同じようにコカを飲んでいる合衆国大統領を想像できるし
どんな大統領だって、奴のコカは俺のとおんなじだっていう確信を持つことが出来るってことさ
何が起こったんだい、アンディー?
電話をとると、アートの声、最初は余りに生彩のない声が――ジャン?って呼んだ
そのあとぶっ壊れた声で――友よ、終わりだ
何を言ってるんだい、アート? と俺は言う
彼は死んだよ、とアート。二時間前だ。手術室の中で胆嚢の手術中にね
アート? 俺は言う

俺の頭は破裂し、意識は遠のき、電話を手から離す
大脳凝血、塞栓症、卒中、死という言葉が一挙にただ一つの言葉になる
顔は取り乱し、引きつり、凍り付き、苦しみをまき散らす
アートの声が電話口で右往左往している、俺は電話のある方向に手探りをする
俺は叫び、目の前は真っ暗になる。アート！　死にそうだ！
落ち着け！というアートの声、俺の頭の中にアンディーの声「落ち着くんだ坊や」
そして俺の声「無理だ！　なんで今なんだ！　こんな風に逝っちゃダメだ！ああ我が主よ！」
おまえの苦しみはよくわかるよ、と俺の極度の苦痛の底からアートの声がする
大丈夫かい？　と彼は言う
あんたが考えている程やわじゃないさ、と俺
そして光が戻ってくる
俺は彼より強いんだ、と俺は言う

そして痛みが消え去った
こんなこと本当だと思えるかい？　とアートは言う
俺は俺のことがわかっている、アンディーも俺のことをわかっていた
わかる奴にはわかるのさ、と受話器を置く前に俺は言った
見切りをつけて、やめちまう
そんな下らない奴は放っておきな、とアンディーは言う
見切りをつけて、やめちまう
こんな奴よりおまえはずっと価値があるんだ、とアンディーは言う
でもどうやって見切りをつける？　どうやって見切りをつけようと思えばいい？　誰が見切りをつけたいんだ？　あんたなのかい、アンディー？
どうやって存在すればいいんだ？　存在しようと思えばいいんだ？　誰が存在したいと思ってるんだ？　あんたかい、兄弟？
ローワー・イースト・サイドのポリ公たちがマイケル・スチュワートを殺っちまったとき
十四番通りとファーストアヴェニューの交差するところにあるメトロの駅でのこと

その時俺はこう思ったんだ。アンディーは俺の兄弟、だってアンディーなら反対のことをするからさ
俺が死ぬのをアンディーは恐れていた、俺が死なないようにしてくれた
ポリ公がマイケルを殺ったのは、奴が黒人だからじゃなかった（絶対にそうじゃねえ）奴が一人の落書きアーチストだったからさ（一人のくだらねえ奴さ）
奴の肌の色じゃねえ（絶対にそうじゃねえ）奴のポケットの中に見つけた吸いかけのマリファナのせいさ
ベルビューの救急病院に奴を連れて行ったとき
三十分以上も手と足を縛られて連れて行かれたあと
マイケルは昏睡状態だった
奴が黒人だからじゃねえ（絶対にそうじゃねえ）
脊髄にひでえ傷跡が浮き出てたからさ
殴打とのいかなる関連も認められない、と裁判所は言った
そもそもポリ公たちは殴ったことを否認していたんだがね
おまけに検死官は死体解剖調書をなくしちまってたのさ。マイケルが扼殺

されたということを立証する調書をね（扼殺なんてこれ以上ない悪ふざけさ）
それが俺だったかも知れないんだ
サモ〔SAMO = Same Old Sit の略。バスキアが作品に署名する際の偽名。「同じ年老いたくそったれ」という意味〕とサインされた落書きが
メトロの壁に、ローワー・イースト・サイドの壁に数えきれないくらいあるんだ
サモ、即ちバスキア、サモ、即ちセーム・オールド・シット、サモ、即ちスチュワート・ジャン＝ミッシェル
俺だったかも知れないんだ、俺だったかも知れないんだ
ポケットの中の吸いかけ、黒い肌、殴打、背骨を折られ、昏睡状態
俺だったかも知れないんだ、セーム・オールド・シットだったかもしれない
相変わらず、同じ年老いたくそったれなのさ
見切りをつけて、やめちまう
アンディーの肌は白かった、恐ろしいまでに白い肌だった

見切りをつけて、やめちまう
アンディーは銀髪のカツラをかぶっていた
見切りをつけて、やめちまう
アンディーは自分の皺をコラーゲンで一杯にしていた
見切りをつけて、やめちまう
アンディーはテレビで媚びを売っている
見切りをつけて、やめちまう
アンディーは缶詰スープの中に紛れ込んだ
見切りをつけて
けど俺はアンディーが好きさ、俺の兄弟なんだ
やめちまう
アンディーはマイケル・スチュワートを殺さなかったし、俺が死ぬのを望んでいなかった
見切りをつけて、やめちまう、最後に見切りをつける
いや、最後に一本だけ、本当に一本だけ
いや、最後に打てるだけ打たせてくれ

結局、見切りもつけず、やめもせず
そして最後は、頭の中を空っぽにして
ついにけりをつけるのさ
アンディーもポリ公もいないところで
終わりだよ、友よ
鼻から血を噴き出して
あごを胸に押し付けて
換気扇を腕で抱き、息苦しさを和らげようとする
このニグロを叩きのめすのはなんてことなかったぜ、とローワー・イースト・サイドのポリ公たちは言うだろう
子供部屋にある壊れたおもちゃさ
換気扇を眺めながら、コンコルドに乗って、リッツに泊まることを考える時間だけはあった。けど、ローワー・イースト・サイドで、俺を拾ってくれるタクシーなんてあるんだろうか?
ほら、こうして伝説の中に足を踏み入れるのさ
そうだろ、アンディー?

10 シャッター音

夢を見たよ
天使の夢かい？
それしかないだろう
俺たちは散歩に出かけている
大きなオープンカーに乗って
チェットが運転をして
凄いスピードで走ってる
やがて夜になり
おまえは道ばたで眠っている
丘の頂上
チェットと俺は話してる
月明かりの下の景色を眺めながらね

陽気な無法者
光り輝く子供
嗄れ声の王子
陽気な無法者

嗄れ声の王子　で？
陽気な無法者　それだけさ
嗄れ声の王子　息子のことが頭に浮かんだよ
ある朝（息子が三歳か四歳の頃だったかな）
俺のところに来て、夢を見たと言ったんだ
話してみろ、と俺が言うと
奴はこう言った。ウサギがいたってね
ウサギかい？　ほう！　で、その後はどうなった？
それだけだよ、パパ
……
光り輝く子供　天使のお通りだ
……
嗄れ声の王子　また通った！
……
陽気な無法者　そして天使は言う——俺はただ通っているだけだ、と
……

正確には俺たちは何をすると思われているんだろうか？

光り輝く子供　一枚の写真は何の為にあるんだろうか？

嗄れ声の王子　ポーズをとるためか？

光り輝く子供　正確には、イメージの上に停止すること
止まれ！　じゃないと撃つぞ！
今から、あんたたちが生きている間に言ったこと、やったことは全て、記憶されてあんたたちに向けて投げ返されるんだ
笑いな、撮影するぞ
動いたらダメだ、全ては台無しになっちまう
あんたたちのファンは沢山いたし、これから数えきれない数になるんだ
ポーズをとりな！
生きている奴は、毎日失望させるリスクを背負ってる
失望させるんじゃねえ！　死ぬんだ！
ジャン＝ミッシェル・バスキア、報告終わります、将軍
任務終了します！

嗄れ声の王子　よくやった、バスキア！

光り輝く子供　おまえを現代の英雄と讃えて肖像画を作ってやろう
嗄れ声の王子　将軍有り難うございます、栄光に包まれて死んで行くのは身に余る光栄です
　死ぬ？　バスキアが？
　そんなこと考えてはダメだ
　君の星は芸術の天空で輝き続けるんだ
　幾世紀も永遠にな
陽気な無法者　糞喰らえ！
光り輝く子供　汚ない言葉を口にするな、コルテス！
　俗になっちゃだめだ
　決して歳を取っちゃだめだ
　モーツアルト、ビューヒナー、ロルカ、ジェームス・ディーン、ランボー、
　ジム・モリソン、みんな年をとるのを禁止された奴らさ
　ポーズをとれ！
嗄れ声の王子　チェット・ベイカー、報告します、将軍！
　五十九歳です、将軍！　そのうち三十三年トリップしてました
光り輝く子供　例外あっての規則だぞ、チェット！

君は三十七歳で死ぬようにプログラムされていたんだ
六六年に、ヤクの密売人に死ぬ程やっつけられた
トライデントでの演奏からの帰りにね

嗄れ声の王子　わからなかったんです、将軍

光り輝く子供　何を笑ってるんだ、コルテス？

陽気な無法者　笑いたくなったんです、しょ、将軍
私は笑うのが好きなんです、将軍

光り輝く子供　ポーズをとれ、コルテス！
笑うんじゃないぞ
せめて薄笑いにしとけ
ポーズだ、コルテス！

陽気な無法者　これまで一度だってポーズというやつをとった記憶がない

嗄れ声の王子　そんなポーズじゃだめだ、コルテス！
俺はポーズのことならわかってるさ、俺自身何度もポーズをとってきたからね

光り輝く子供　おい見たか？

嗄れ声の王子
陽気な無法者

ベイカーの鼻がみるみるのびていくぜ
むかつくな
わかったよ。思い出した、俺は実際ポーズをとったことがあるな
あいつはこう言う、そこに立って下さい、すぐ終わりますから、ってな
そしてカメラを取り出して、フィルムを入れながら会話を始めるフリをする
こんなつまらないやり方に誰が騙されるものか、と思う
最初に当たったインチキ野郎に自分の全てを暴露されたいなんて思わない
なんせ、こいつが持ってるカメラと言ったら、誰でもスーパーに行けば手に入る代物だからさ
そこで表に出てくるもの全てを隠す
微笑み、歯、ぶらっと垂れ下がった腕、大げさな身振り、しかめっ面、言うことをきかない髪の毛、全てを隠すのさ
レンズを見て、こう思う。おまえが俺を狙ってるが、狙撃者は俺だ、とね
——レンズをじっと見て、とカメラマンはいう。お人好しの笑いを浮かべながらね

で、答えは
——こんな風にかい？
光り輝く子供　カシャッ！
陽気な無法者　そしてそいつは……
嗄れ声の王子　おまえら、そこで何を一生懸命やってるんだ？
陽気な無法者　レンズをジッと見てるのさ
光り輝く子供　パシャッ！
嗄れ声の王子　一度だってポーズをした奴はいないぜ
光り輝く子供　カシャッ！
陽気な無法者　どうだい、いい出来かい？
嗄れ声の王子　最後に一枚撮っていいかい？
陽気な無法者　ああ
光り輝く子供　パシャッ
で結果は？
陽気な無法者　写真のほとんどは、ダメだって言ってるさ
嗄れ声の王子　ウイリアム・クラクストンが、五〇年代に俺のポートレイトを撮っていた

とき
俺にレンズを見るようにって言ってたが
俺はカメラの方を向いてこう考えていたんだ
おまえを愛してる、おまえが欲しいのさ、なんておまえは美しいんだ、お
まえの胸は素晴らしい、ってな
するとクラックスは写真を撮ったあと言ったさ
チェット、あんたみたいに写真に向いてる奴はいないな、ってね

陽気な無法者
で？

他の二人
うん、それだけさ、パパ

11　これは天使ではない

陽気な無法者
これを最後に、いくつかの問い
奴は本当は何者だったんだ？　どうなっちまってたんだ？　奴は何を期待
されていたんだ？

死、（残念ではあるが）それは疑いのない事実だ
残された大切な者たちの益々薄くなっていく環から奴は消えちまった、皆にとって大切だった男
奴は、多分、皆とほぼ同じくらい自分自身も大切に思っていた
控えめに自分自身を欺き（彼からしてみれば他の多くの者たちよりも控えめにそうしていたんだが）
地球上にあるありとあらゆる人生と言う書きかけの作り話のなかで生き残るためにほどよく存在しながら
存在というものが奴にはシナリオの一つのようなものだった、人の手から手へと際限なく手渡され、書き直されて行くあのシナリオ
何年もの間、作者の数だけ版を重ねたシナリオさ
こんな風に見てみると、存在というのは奴には重しとなっていた
決して完成されることなく絶えず作り直されて行くこの映画のタイトルロールを演じるという事実が、ウミヘビに股がっているような吐き気のする感じを奴に与えていたんだ
……

奴がどうなったか
奴は、一九七〇年のあの夜、自分はこういう人間だと宣告した者に結局なっちまったに過ぎない
二十二歳だった
最初の自作芝居の公演を終え
後に奴の多くの作品で演じることになる大女優にやられちまって
ちょうど子供がベッドに身を投げて泣くように、狂ったように紙に向かったんだ
それ以来、奴は書くことも、恐らく泣くこともやめなかった
この新たな作り話の終わりに、死そのものがやってこないだろうという漠とした予感を感じながら
奴はこの作り話の唯一の作者になったわけだが
一番最初に書くことへの意欲が迸り出た時に、すでに完全に存在していなかったのに、奴は既になにかになっていたというのか？
その死に至るまで、この最初の迸りへと狂ったように投げかけられた視線以外のなんだったと言うのか

その迸りは、言葉という言葉を約束として胎んでいたんだ
そして啓示という約束を胎んだ一つ一つの言葉それ自体に促されて
ちょうどその羽根の中に隠された手がかりを見つけ出そうと人が押してみる枕のように、奴はその言葉の一つ一つを手で触れていた
毎晩、奴は沈黙の中、せかせかと
証拠物件を探し出すために、言語を家宅捜索していた
決してそんなものが見つからないことを密かに願いながらね
見つけてしまったら最後、自らの道への探求に終止符が打たれてしまいかねなかったからさ
旅にも同じ事が言える
どこへ行っても、奴はどこにも行き着こうとしなかった
一つ一つの景色が、一人の人間の顔の上にぽっかりと口を開け
一つ一つの都市が、飛行機を一機吐き出す
奴は書くように旅をした（その逆でない限りはだが）
旅によって奴が垣間見たもの、それは探していたもの全てが
奴がその時にもまだ懐かしんでいた、書くことへの最初の迸りの中にすで

に含まれていたということだった
しかしその事実を目にしてしまうと、奴はもはや唯一の絶対的支配者ではなくなってしまった
文字通り、人間の免疫不全ウィルスに体を不法占拠されていたから
その破壊的性質が世紀末を震え上がらせたあのウィルス
奴もまた自分が震え上がったことを思い出したんだろうか？
時には泣きながらベッドに身を投げ出したりしたんだろうか？
奴は書き続けたのか？
——奴は書き続けたさ
死について書いたんだろうか？
——死について書いた、とまあ言えるかな（少なくとも、最後に完成させた芝居のなかでは死を優遇した）
ベッドの中で場所を詰めて他の誰かのために場所を空けるように
——そう、奴はそれをやったんだ。奴がそれを恐れたとしても、書いたものにはその痕跡は何も残っちゃいない。
そして奴は死んだ、そうだろ？

――そう、奴は死者になっちまったのさ

……

さて最後に、奴は何を期待されていたか、って問いについてだ

奴より前に逝っちまった数え切れない死者達のように、奴は本当に死んでしまった、というわけじゃないのか？

あるいは、奴より後に生き残った多くの人間達よりも、奴のほうがより生きていなかったとでも言うのか？

人が奴に期待したこと、それは、奴が自分自身の死よりも生き延びることだったんだろうか？

生きている間、人が作った天使の服を優美に身に纏うことだったんだろうか？

ちょうど昔の若い娘が自分の嫁入り道具一式のためにせっせと働いたように？

――奴が死んでから皆が期待したのはおそらくそれさ

結局はいつものように全てがなるようになるため？

――全てがなるようになるため

死は、究極の自然の道理そのものではなかったのか？
――自然の道理ね、その通りだ
天使は、この道理に人間味を回復させることを期待されていたのか？
――恐らくそうだ、天使の顔をした亡き作家は期待されていた
結局奴がいるべき場所にいたんじゃないのか？
（その場所、あるいはその場所ではない場所がどこであろうと）
自然の道理の全能性と美を体現するためにね
――正確には、自然の道理を認めるために、だ
なすすべもなく永遠に、それ以来はひたすら偶像でありつづける
偶像は偶像崇拝者をうんざりとさせる（が、それでも偶像であることには変わりがないわけだ）
むかつくぜ、まったくむかつくぜ
……
結局のところ、今言われたことを奴は本当に口にしたのか？
――結局のところ、ここで言われたことのどれも、奴が口にしたわけでもないし、奴によって考えられさえしなかったのさ

だが、一時的に自分自身から追放された一人の生者によって、死者を語らせるために書かれた言葉
奴自身が生きている間に死者達の口に語らせた言葉に似た、死者について語る者の言葉
「これは本当の人生ではない」と奴は念を押しているのさ
これは人生じゃないが、しょうがない、奴が責任をとるのさ
俺が責任をとるのさ

12 複数の存在

光り輝く子供

本当の人生ではない、のはＯＫさ。だが、正真正銘の本当の人生は、俺には茶番に思えちまうんだ
本当の人生では、俺の絵の具は全部、画商達のツラの上にぽたぽたと垂れるんだ
そして、正真正銘の本当の人生では、俺の絵の具は全部、画商達の手に渡

っちまう
本当の人生では、デュビュッフェの絵の具は全部、公的芸術の上にぽたぽたと垂れるんだ
そして正真正銘の本当の人生では、デュビュッフェの絵の具は全部、公的芸術のための美術館の中に鎮座する、ってわけだ
一輪の薔薇は薔薇で薔薇で薔薇である、と聖ガートルード（原注・ガートルード・スタイン）は言った
だが、正真正銘の本当の人生ってのは、あんた、本当の人生じゃなく本当の人生じゃなく本当の人生じゃないんだ

嗄れ声の王子
だが、死は死で死で忌々しいおオカマ野郎さ！
メジャーコード
（死の中にあって人を絶望させるもの、それはありとあらゆる不協和音が終わること）

光り輝く子供
俺たちは罵倒し合うのをやめることはない

陽気な無法者
俺たちは演じてるんだ

嗄れ声の王子
よく知られたリフレイン「冗談だろ」

光り輝く子供
陽気な無法者
嗄れ声の王子

「しょうがない、奴が責任をとるのさ」
まったくその通り――俺が責任をとるのさ
「俺が責任をとる」なんてえのは俺に言わせりゃお笑い草さ
俺たちは演じてるんじゃねえ（もはや演じてなんかいねえ）
俺たちは演じられてるんだ
俺たちは疑いの念に襲われた人類の慰みものさ
疑いはどこで生まれる？ ――二つの音符の間（ためらい、嗄れ声）
奴らは俺が生きている間、その疑いに耐えられなかったんだ
俺が死んだ後で、その疑いを慰みものにしやがった
おまえが疑いの種を蒔く、するとおまえは憎まれるんだ
そしておまえは死ぬ、するとおまえは尊敬されるんだ。疑いも一緒に死んじまって
スコッチ二杯を飲む間にいじられる取るに足らないものになっちまうからさ
指、ニューロン、あるいはペニスを鎮めるためにいじられるんだ
それをすでに感じていなくちゃいけねえ
コンサートで、最初の音を吹く直前にな

不安の塊のようなコンサート会場
目を閉じるだけで十分なのさ、やつらを見て
その期待の中にいる奴らをそのまま捉えるにはな
俺の恐れにそっくりな奴らの恐れ
恥じらい、絶望
それらが熱を帯びて、俺に割れんばかりの拍手を送ろうとうずうずしているのを感じてたんだ
と同時に俺を袋だたきにしてやろうと今か今かと激しく待ち受けているのもね
まったくファンって奴は、同時に不倶戴天の敵ってわけさ
必要なだけの確信を探しにやってきて、必要なだけの疑いを受け取り
俺が吹くのを聴きに来ながら、人間達が吐くおびえた息が自分たちの上に吹くのを感じるのさ
この不安全体——ぞっとするぜ
おまえはなんの責任をとりたいっていうんだ？　皆が駆られる恐怖の責任かい？

陽気な無法者　役柄さ
光り輝く子供　どんな役柄さ？　一体誰が役柄なんかについて話すって言うんだ？　俺は
　一つの役柄なのか？
陽気な無法者　俺たちは存在しているのか？
光り輝く子供　そういうことにしておこう
陽気な無法者　俺たちは死んだんじゃないのか？
　俺たちトリオはでっち上げられた
　役柄ってのはまさにそれさ
　生きたことがないのに存在している誰か
　あるいは、死んでいながら存在している誰か
　おそらくそれこそが俺たちの役柄さ
　あちこちに偽りの姿をまき散らし
　存在感を付け足していく
嗄れ声の王子　死して存在し続ける人間を演じる死者
光り輝く子供　いずれにせよ、生きている時以上に死んで存在感を増し続ける者たち
陽気な無法者　そうだ、死者であればあるだけ存在する者たち

嗄れ声の王子　そしてやがて、人が俺たちのことを思い出すことを忘れてしまうほどに存
在してしまい
俺たちは混ぜられちまったんだよ、いいかい——同化されちまったんだ
阿片の玉みたいに、奴ら人間のケツの中に突っ込まれちまったんだよ
ペット、言葉、身振り、こんなものはもうなんの効果もありゃしねえ
陽気な無法者　あんたは何を望んでたんだい？
嗄れ声の王子　もうどこでだか、いつだったか、だれとだったか忘れちまったが
とにかくある晩、数え切れないくらい弾いたマイ・ファニー・バレンタイ
ンを吹いていたとき、俺は本当に思ったんだ、なにかが見つかる、ってね
そのなにかは、俺の前、神経の網の目のわずか数センチのところにあった
んだ
それまで一度もなかったほど近くにね
フィーリング、テンポ、音の中に、忘却、うちひしがれるような断絶、何
千キロの距離の中に、俺のポケットの札束、レンタルのトランペット、ホ
テルの部屋の壁紙の中に、両目に滲む汗、疲れた声の中に、そして一人の
ガキが夜、勇気を出すためにそうしただろうやり方でソロを奏でる、その

やり方の中にあったんだ
そう、数センチのところだった、俺はそれを掴み、手に入れて、それがなにかを見ようとした
だが、近づけば近づくほど、それは消えていって、結局なんにもなくなっちまった
最後にもう一度だけ言うが、何にもなくなっちまったのさ、事物の核心の核心が本当に丸ごと消えちまったんだ
残されたのはただ、古いスタンダードナンバーを歌ってブーツを眺めている疲れ切った野郎だけ
それでもあんたはその次の曲を弾いた
ただただ演奏するしかないからね
ああ、だがな、天使は決してしくじることはない
天使にしくじりは禁物さ
言葉にされなきゃ、しくじられるものなんかありゃしない
いつでもなにかを名付ければ、見事にしくじることになるのが道理だからね
言葉の中で、人間に場所を譲ろうとすると

光り輝く子供
嗄れ声の王子
陽気な無法者

まさにしくじりこそが人間をつくることになる
だがな、天使の振りをした奴は何にも知ろうとしない
奴らはあんたが成功し、前向きで、理想的な婿であることを願っている
抗不安剤ってわけだ

光り輝く子供　そう、艶やかで、それもどこもかしこも艶やかなね
陽気な無法者　ちょうどあんたの墓石のようなもんさ

光り輝く子供　シッ！
陽気な無法者　シッって、一体どうしたんだ？
光り輝く子供　聞こえないのか？
嗄れ声の王子　おまえが言ってるのはつまり、例のあれかい？
光り輝く子供　そう、それさ
陽気な無法者　ちょっと前から、俺にも……
嗄れ声の王子　あんたにもわかってた、ってことかい？
陽気な無法者　ああ
光り輝く子供　言ってくれりゃあよかったのに
陽気な無法者　ああ、たしかにそうだな

光り輝く子供　さあ、言ってみな！
陽気な無法者　誰かがじっと見てる？
光り輝く子供　その通りさ
嗄れ声の王子　そして誰かが俺たちの声を聞いている
光り輝く子供　シッ！

（三人とも耳をそばだてて、じっと目を凝らすが、何も見えない）

陽気な無法者　俺が小さいときのことを思い出したよ
俺は思ったんだ、多分天使があちこち俺についてきているってね
で、例えば、天使のお陰で植木鉢を頭に乗せなくてすんだんだ、ってね
あるいは犬の糞の上で滑らなくてすんだ、とか
だがどうだ、今や俺が天使になったのに、それがどんな者だったかなんて
俺にはわかりゃしないし
俺の頭に浮かぶのは、天使がいるとしても、うようよと人間がいて、俺の
後をつけてくる、ってことだけ

光り輝く子供　要するに、植木鉢を落とす奴らとか、歩道の上で犬に糞をさせる奴らって
　　　　　　　ことかい？
嗄れ声の王子　調子っぱずれにせよ、リズムをとって指をパチパチ鳴らす奴ら
陽気な無法者　パチパチってのはお見事だな
　　　　　　　悪意に満ちた批評を産み落とし、祈禱、盛儀ミサ、聖体拝領みたいなあら
　　　　　　　ゆる種類の出し物を考え出す奴ら
光り輝く子供　アーメン
　　　　　　　ソファーの色に合う絵を買っていく奴ら（理想的なのは、ルイ十五世風の
　　　　　　　内装を思い起こさせてくれるソファーさ）
嗄れ声の王子　こんなことをする奴らが、なんで俺たちの精神状態なんかに関心を持つん
　　　　　　　だ？
陽気な無法者　謎さ。天使を謎だと思う奴らの謎
　　　　　　　天使にとって奴らのほうこそ謎なのにね
光り輝く子供　奴らが俺たちの声を聞き、じっと見ている、それはいい
　　　　　　　――で、それから？
陽気な無法者　奴らに俺たちの声が聞こえるかどうか、俺たちの姿が見えるかどうかは決

してわからない

嗄れ声の王子　ちょうど、俺たちが奴らをあちこちつけ回して、そのお陰で奴らが頭に植木鉢を乗せずにすんでいるってことが奴らにはわからないようにな

……

光り輝く子供　続けるかい？

陽気な無法者　ああ

嗄れ声の王子　続けよう

13　フィナーレ（パーコレーション）

陽気な無法者　誰かいるのか？

光り輝く子供　振り向くな！

嗄れ声の王子　沈黙

ギブアンドテイク

四重奏

1　とっても、とっても、とってもワルいこと

母　これはいったい何なんだい？
娘　これってあんたが呼ぶもの、それは私のこれ。私のこれは私のこれ。あんたのじゃなくて私の
母　私は生きようとしているの、生きようとね、あんたのおつむでわかるかしら？
娘　わかるに決まってるじゃないか
母　じゃあ試しに言ってごらんなさいよ
娘　あたしゃ、あんたより生きてきた時間は長いからね
母　男にやられて胎んだ時間でしょ。待ってね、当ててあげるから。五分かかったのかしら？

母　汚いことしか頭にないんだね、お前は。口をついて出るのは下卑たことば、頭の中は糞味噌だらけさ

娘　三分？　それとも一分で終わっちゃったかしら？

母　あー汚らわしい、汚らわしいったりゃないね、おやめ！

娘　早漏オヤジはせっせと励み、オカンは卵子でせっせと受け取る

私のスカートいかが？

ちょっと長いと思わない？

どこで買ったか聞こうともしないのね

しょうがないから言ってあげるわ

これ、買ったんじゃないのよ

母　盗んだのかい？

娘　いけないことかしら、卵子おばさま？　とっても、とっても、とっても、ワルいことかしら？

母　すぐにお脱ぎ！　返しに行ってくるから

娘　娘に盗んで欲しくない？　じゃあ、私にゼニをくれない？

母　あらあら、韻を踏んじゃった
娘　麻薬（クスリ）をやってほしくない？　それじゃあ、ハシッシュをくださらない？
今月分はやっただろ
二日と持たなかったわ
いらいらっとしちゃうのよ
この早さはパパ譲り
我慢がきかないのよ
母　いっちまうのかい？
娘　街に行ってちらっと見せて、一杯おごってもらうのよ。そして、とってもとってもとってもワルいことをするの。みんなが「生きる」って呼ぶワルいことをするの。みんなが「生きる」って呼ぶワルいことをね

2　取引

ポリ公　お前の顔を知らないわけじゃねえが、

ファイルには、訴えも、証拠も、現行犯の痕跡もありゃしねえ
まったくみごとだぜ、拍手してやるよ
こっそりと、どれだけ汚ねえことをして来やがったかしれたもんじゃねえ
俺は、サツって仕事柄、悪さには鼻が利くんだがね
お前ら売女の息子どもは、耳がいいのか、さっと逃げていきやがる
いいか、売女の息子と言ったのはなあ、俺にとってお前には名前なんていらねえ
からだ。お前のやることすべて、俺だけのところに止めているつもりはねえ
だがな、すべてには終わりがある。俺がその終止符ってわけだ
一回目の接触でおだぶつさ
忠告しておくが、これが最後になるようにうまくやるんだな
サツがなんのためにいると思う？
俺みたいな野郎達をうんざりさせるため

少年
お前らみたいな野郎どもはほかのみんなをうんざりさせやがる

ポリ公
よく聞けよ、愚か者
愚か者と言ったのはなあ
一つ、お前らみたいな虫けらどもは、汚物の中を転げ回り

二つ、そのためのゴミ捨て場がある
三つ、美観と公衆衛生のために、街の真ん中にはゴミ捨て場はない、からだぜ
理屈がわかるかい、間抜け野郎
間抜け野郎って言ったのはなあ
一つ、間抜け野郎でも台所やベッドにはションベンをしねえし
二つ、ゴミ捨て場があるように、ションベンのための便所が用意されている
三つ、美観と公衆衛生のために、街の真ん中には間抜け野郎はいねえからだよ
分かったか？
俺の目をよく見ろ、愚か者。そして、分かりました刑事殿、と言ってみろ

少年　分かりましたって、何が？

ポリ公　まっとうな人たちの居間にしょんべんたれねえで、てめえのおまるでやれってことだよ

少年　分かりました、刑事殿

ポリ公　口もとのその嫌みな笑い、俺に見せるんじゃねえ！

少年　おれの笑いが気にいらないんで、刑事殿？

ポリ公　映画の見過ぎだぜ、糞野郎

坊やにはそれはよくねえな
ママに一言言ってやらなきゃいけねえ

少年　行ってもいいですか、刑事殿？

ポリ公　取引をもう一度言ってみな

少年　分かりました。あなたは街の真ん中でションベンをして、俺はしない

ポリ公　人それぞれに糞ありってことさ、間抜け野郎
お前にはゴミ捨て場、それ以外の場所は俺様のものだ。ギブアンドテイクってわけだ
これがいわゆる公正な取引ってやつだな

少年　なーるほどね

ポリ公　失せろ！

3　生きることは一つの仕事

ポリ公　（観客に向かって）皆さんはご存知でしょうか。三面記事の読み過ぎで、精神に破綻

をきたした連続殺人魔の話を
物的な損害及び用益侵害で告訴している隠者の話
クー・クラックス・クランに入っている、盲目の黒人の話を
これらの話を皆さんが少しでも思い出すだけで、ほかにもわんさかと湧いて出てくるんです
死ぬほど笑ってしまう多くの話が、皆さんの記憶の奥底に澱んでいるが、それらはただ、記憶のあちこちに張り付いて、眠っていた記憶を呼び起こすために役立つんです
それでも、山のような物語を皆さんは利用して、社会で輝くこともできるし、人間の愚かさとそこから生じる失望を、あなた自身が思い出す（と同時に、あなたがたの同類に思い出させる）こともできるんです
なるほど、それらすべての話によって、人はあれやこれやものを考えるわけですが、かといって人生というものにはなんら不条理なことはありません
人生が要求するのはただ生きること、要求しなければならないのは、ただ生きることだけです
不条理は悪です、しかしそれより不条理なのは悪に対する寛容なんです

悪と闘うことは生命に不可欠の事柄なんです
私が冗談を言っているとか、自分をバプチスト派の牧師だと思っているとか、どうかそんな風には思わないで下さい
私の同僚にお聞きになれば、私がこれっぽっちも道化らしくないこと、これっぽっちもイエスマンでないことは、お判りいただけます
どんなごろつきに聞いたって、そのことを立証してくれます
私がとりわけこだわっているのは、まじめだという評判です
人生はアマチュア精神を認めません
アマチュアというやつは生きることを当たり前だと考えてしまう。生きることが一つの仕事で、困難な仕事で、しかも、その人生を守るのは、その倍も困難な仕事なのに、ですよ
ご存知ですか？　サンタ・クロースの存在を信じているサツの話、童貞の裁判官の話を？
困難な仕事をしているからといって、私が聖人になったり、スーパーマンになるわけではありません
私は徳を信じているわけではなく、法を、懲罰の効力を信じているんです

私は暴力を信じているわけではなく、力を、秩序の力を信じているんです
私の確信を煩わしいと思う奴らは、おそかれはやかれ、私の部屋に流れてきます
犠牲者達は不平不満をぶちまけ、やくざ者たちは尻込みする
たまたまあてがわれた座り心地の悪い椅子のうえに、自分のケツがのっかている
ことに、どいつもこいつも驚いてやがる
菜食主義者の狐の話とか、広場恐怖症のコミュニストの話を知っているか、と尋
ねると、奴らは私の方にうつろな視線を上げて、自分たちの物憂さ、卑劣な行い
を前に、喜びも感じないまま、わずかに離した両手をだらんと垂らしている。そ
れが私には余計な付録に思えてくる
サツは何の役に立つかね、と聞くと、奴らは私に無駄話をふっかけてくる。何も
言うべきことがないのに、それを隠すために駄弁を弄する人間が用いる、例の微
笑みをうかべてね
私が黙ると、奴らが机の上のデスクマット、灰皿、電話にじっと目を凝らすのが
見える。もっとも、この三つの道具のどれからも、自分達の問題の解決策を一つ
も期待しているようには見えないんですがね
私には奴らが考えているのが聞こえるんです

おまけに、私の電話は切断されているんで、沈黙を遮ることもなく、奴らがぶつぶつ言うがままにさせておきますよ

(奴らが思っているよりはるかに早く) 早晩、その時はやって来ます。犠牲者は泣き、ヤクザものが汗をかき始める時がね。それら涙と汗の滴りのどれも、ないがしろにされた秩序への讃歌として受け入れてやります。秩序が確固たる悪意によってないがしろにされたにしても、ぞんざいにそうされたにしてもね

「秩序の神よ! お前が創った者たちが、仕方なく涙を流し、汗を流す姿を見るがよい」。静かなる讃歌は絶叫するのです

「私の涙、私の汗を見よ! 根っからの卑劣漢の祈り、下劣な寛容派の祈りを聞くがよい!

許し難い下劣さと、罪深い寛容を許すのだ!

かつてお前に苦しみを与えていた者たちを苦しめようとしない人びとを許すように、お前を苦しめた者たちを許すのだ!」

ヤクザも犠牲者もこうして祈りを捧げますが、こいつらは、いつかまた、私の部屋にやってくるなんて思っていません。そこで、小刻みに体を震わせるのを私にじっと見られながら、奴らの心の中はおぞましい考えで膨れあがっていくんです

失語症の教師の話をご存知ですか？　鳩のようにくうくうと啼く犬の話はいかがですか？

4　何か

少年　素敵なスカートだね
ねえ、君に話しかけてるんだよ
スカートだけじゃないね、素敵なの
お散歩かい？

娘　暑いわ

少年　暑いのはスカートのせいじゃないいな
こんないかした脚なら、スカートがどんなに短くても大丈夫だね
誰かを待ってるの？

娘　と言うより私は何かを探している

少年　何かって、曖昧だね

娘　ひょっとしてあなたそれを持ってらっしゃる？
少年　君が探している何かは、多分何かいいもの、何か珍しいものなんだろうね。いいもの、珍しいものは、街の中心にある特別な通りでしか見つからないものだよ
例えば、僕はプラリネに目のないやつを知っている
ポケットはプラリネではち切れんばかり、一日中それを食ってるんだ
まあ、僕はプラリネなんて苦手だけどね
（娘がお札を見せる）
娘　それで何が買えると思っているの？
プラリネじゃないもの
少年　いいかい、プラリネ以外に大したものは買えないよ
娘　つまり、これじゃあぎりぎり足りるかたりないか、ってことね
じゃあ、これで間に合う分だけちょうだい
少年　（お札を奪いながら）ここを動くんじゃないよ、すぐ戻ってくるから（急いで離れようとする）
娘　本当に戻ってきてくれるの？
少年　（引き返してきて）一ついいことを教えてあげるから、聞くんだよ

一つ、僕は戻ってこない
二つ、君のところに何人かの野郎どもをよこすよ。奴らは君を鎖で縛って犯すのさ
三つ、その間、君のお金で、君よりずっといかした娘（こ）と楽しむってわけ
とは言っても、本当は見ての通り迷ってるんだ
一番から六番まで、どれにしようか？
どれが一番えげつないかな
誰かの頭を狂わせるか、罠に落とすか、虐待するか、あー、迷っちまう
君は本当は何が欲しいの？　領収書？　レシート？　それとも押印のあるレジの
チケット？

娘
あなたに頼んだものよ
ただそれだけ

少年
まったくなんにも頼まれてないけど。だから、君が欲しくても敢えて口にできな
いものはなにかを考えなきゃならなかったんだ
君みたいな娘の話はよーくわかってるのさ
君の持ってるお金、赤ん坊みたいな肌、そしてその超ミニスカートから察して
「可愛いブルジョア娘、ぞっとするような戦慄を求む」ってとこだね

娘　探しているのがまさにそれなら、四、三、二、一、リスク込みだよ、いいかい？

少年　私が欲しいのはただ、トリップできるもの

娘　それは君がいった言葉だからね。俺はただ、「動かないで、すぐに戻ってくるから」って言ってるだけさ。それでいいなら「わかった」って言って欲しいんだけど

少年　やめる、それとも続ける？

娘　続けるわ

少年　じゃあ言ってご覧、聞いててあげるから

娘　わかったわ

少年　なにがわかったの？

娘　あなたが言ったこと

少年　俺、なんて言った？

娘　動かないで、すぐに戻ってくるから、って

少年　君は金を払い、ブツを待つ

俺は金をもらって、ブツを探しに行く

売人は動き、客は指をこまねいて待っている

これが公正な取引というやつさ

わかったかい？

娘　わかったわ

（少年立ち去る）

5　今や彼らは、この広大な地球に二人だけ

a.

ポリ公　（少年に向かって）話題を変えるぞ、間抜け野郎。まともな取引はもうやめだ
俺たちが最初に会ってから、この街ではてめえしかいやしねえ
てめえはその辺をうろついて、ヤクを売って、公共の秩序を乱してやがる
それは世の中の取り決めに反するってもんだ
偉ぶってみせても、てめえは腰抜けにすぎねえ
てめえを、この薄汚ねえ街で誰も見たことがねえようなこれ以上ない立派な密告屋にしてやろうとおもうんだがな

新しいゲームの規則を教えてやるから黙って聞いてな
俺にとってお前は名無し野郎だ。その場その場で呼び方も変わるんだ。ごろつき、間抜け野郎、売女の息子、はたまた糞野郎、って具合にな
だからって軽口を叩いていいってわけじゃないぜ
サツって言葉は禁止だ。正確な言い方は、巡査殿か刑事様だ
俺はタバコを吸うが、てめえはタバコも、吸う許可も要求しちゃいけねえ（その代わりに何かをもらえる訳じゃねえぞ）
お前は突っ立って、腕をぴしっと体にくっつけて、背中と頭を真っ直ぐにしてるんだ
俺は歩き座り立ち上りお前の後ろを通ったり、好きなようにするんだ
ここは俺の家だからな、好きなようにしていいのさ
俺の家では、売女の息子は、俺が望むことを、望むように、望む時にするんだ
俺は静かに質問をする、てめえは静かに答えるんだ
俺の質問が減った時は、より多くの答えを待ってるってことだからな
お前が上手く答えれば、それだけお前の気分が良くなるってわけだ
てめえは嘘をつきたい気分になるが、それはてめえみたいなごろつきには自然な

反応さ

嘘は侮辱とみなす。忠告しておくが俺を侮辱するんじゃないぞ

納得できる説明がなければ、嘘じゃないことも嘘だと思うことがあるからな

だから、てめえは一生懸命納得させようとしなきゃいけねえ

記憶喪失は認めねえ

もし認めたら、ゲームはあらぬ方向へ行っちまうからな

ここで必要なのは集中力だ

てめえらみたいな間抜けどもは集中力に問題がある

てめえらみたいな間抜けどもは人の助けを必要としてやがる。そのための方法はあるぜ

その方法をありがたがってくれる間抜け野郎はほとんどいねえがな。いまから教えてやるさ

「私は知りません」てのは答えじゃねえ。無礼だ

例えば、「私は知りません」なんて答えるような無礼を働いたら、てめえはバシッと平手打ちだ

いいか、バシッとだぜ

ピシッとかパシッとかと一緒にするなよ
ピシッ、パシッは指ではじくようなもんだ。指ではじくなんざあ、時間の無駄だ
バシッとひっぱたく仕組みはこうだ
まっすぐにした腕を、後ろに思いっきり引いて、あらん限りの力で激しくごろつきの左頬にもどしてやるんだ
ごろつきの左頬は、ちょうどテニスボールみたいに、手の広がりの全体をつかって叩かれることになる
いずれ分かることになるが（というのも、てめえがこの平手打ちをのがれることは不可能だからだが）、てめにとって気の毒なのは、俺はひたすら右手でしかぶてないってことだ。その結果、ひっぱたかれるのはいつも左頬ということになる
三、四回ひっぱたいたら、頬は非常に痛くなる
苦痛というほどではないがな
最初の一撃で、肌が鮮やかな赤に染まり、二発目でもう紫色を帯びてくる。そしてすぐに褐色へと変わるんだよ
左手でも試してみたが、結果は無残なものだった
それだけじゃないぜ。バシッっと叩くと顔全体を覆うだろ。すると耳まで巻き込

むことになる。その結果、耳鳴りがして、聴覚が駄目になって、理解するのが困難になり、挙げ句に、人を納得させる答えができなくなるってわけさ
そうなると、一回ひっぱたかれたら、必ずもう一回ってことになるんだ
バシッとやられると、頭が激しく右に流れていく
てめえはすぐに頭を真ん中にもどさなくちゃならない。おれがもう一度ひっぱたきやすいようにな。
平手打ちは懲罰じゃないぜ。規律を遵守しろって命令だ
懲罰には、例の棍棒ってやつがある
一つ嘘をついた場合の値段は棍棒五発
一つ忠告してやるから、よく聞けよ
おれがてめえの腹に一発食らわせるとする（例えば日付の間違いかなんかでな）
ほかの奴らがやるように、体を二つに曲げたままにしちゃあいけねえぜ
そんなことをしたら、背中に一発叩き込んで、姿勢をもどしてやらなきゃならねえ。一発ですむところ二発食らうってことになる
それからなあ、叫ばないようにしなくちゃいけねえぜ。黙らせなきゃならなくなるだろ

だから、一番いいのは、堪え忍ぶこと、すぐに所定の場所に体をもどすことだ
いくつかの懲罰の際には、てめえを机に押しつけることがある
体を二つに折り曲げて、上半身は机にぴたっとつけ、足を広げる
俺の左手はてめえの背中に置いて、右手に持った棍棒でケツをぶっ叩く
この姿勢の一つの利点は、ぶっ叩くのに、より勢いがつけられるってことだな
もう一つの利点は、てめえのキンタマにも届くってことだ。そうすれば懲罰に強弱がつけられるだろ
もっとも、俺がそこで、てめえの不誠実さを感じとったら、この姿勢でいても、質問をしなきゃあならないと思うこともあるだろう
そうなると、足の間にひっきりなしに棍棒を食らうことになるぜ。返事をためらうごとに、一発おみまい、ってわけだ
二、三発食らえば分かるだろうよ、ものすげえ苦痛がしつこくしつこく残っていくのよ
肉を抉って食い込んだ針でも、きっとこれほどの痛みを与えることはないさ
涙は許してやるが、嗚咽は駄目だ。そこには微妙な違いがある
叫び声は許可するが、きっぱりと拒絶なんてしてみろ、即座に却下だ

ゲロなんか吐きやがったら、ただじゃおかねえからな
原則として、血が流れることはない。内出血ですむよ
これが戯言だなんて、決して思うんじゃねえぞ、糞野郎！
間違いなくおれはてめえを殴り、間違いなくてめえは殴られるんだよ
今や俺たちはこの広大な地球に二人だけなんだ
誰がお前の心配なんかしてくれる？　そんなやつ、いやしねえ

b.

少年

（観客に向かって）俺はこの殺風景な街に生まれた。偶然にね
俺は大きくなった。そうなるとは思ってもなかったがね。俺のいないところでそうなったんだ
学校の校長先生が言ったんだ。俺は、せっかく持ってる自分の運を無駄にしてる、ってさ
もうそれから十年経つけど、いまだにどういうことだか分かりゃしない
俺のオヤジは二つの物を遺してくれた
一つ目は、酒瓶っていうのは空にされるためだけに一杯にされるんだ、っていう

考え
二つ目は、名前。おふくろは言っていたさ、あんた達の国の名前だと、ってね
俺のおふくろは、俺たちの国の生まれじゃないんだ。オヤジは大型車の運転手だった
トラクター、ブルドーザー、ロードローラー、こいつらにかなうものなんてありゃしない。レバーを引くだけで、路上に穴のできあがり
ある日オヤジは、人造湖の土手の盛り土をしてたんだ。坂でハンドルを切ったら、車がひっくり返ってね
こんなミスをするのは初心者しかいない。初心者か酔っ払いだけだ。そんな風にしてオヤジは逝っちまったのさ
おふくろは、台所に座って人生を過ごしてる
窓の外を見ながら、唇は動いてるんだ
おふくろが何を見ているのか、何を言ってるのかはわかんねえ
まだ人生が始まってもないうちから、俺にはいくつもの計画があった
頭の中で俺の計画は積み重なっていった。ちょうど、何かを整理するときのために倉の中に積み重ねられる空箱みたいにね

例えば妻、例えばこども。でも、それは例にすぎない。そんなものよりもっと急を要する計画がある
例えば、一軒の家。けど、家は有り金全部もっていっちまう
例えば、商売。レストランとかね。それなら金なんか簡単に手に入って、倉の中の空箱もみるみる一杯になる
箱の中には、沢山のストーリーが溢れてる。ストーリーには家や女や簡単に手に入った金が溢れてるのさ
初めて女を知ったのは倉の中だった。そこで押し倒してやったのさ
娘を選んで倉に連れ込めるうちはやりたい放題さ。でも、もはや選択の余地なしって時がやってくる
倉に降りていく、但し一人で降りていくんだ。そこで奴らに捕まっちまうんだ
奴らにしょっぴかれて、清潔で何にもないこの部屋に連れてこられるんだ。そこでサツが待ってるのさ
あのサツがね
俺のサツ
俺のサツはサツみたいなりをしていない。普通の服を着ていてね

靴にはワックスがかけられていて、笑うと目がぎらぎらするんだ
一言一言念を押すように、穏やかに話すんだ。薄紫色の吸い取り紙で覆われたデスクマットの皮をなでながらね
煙草に火をつけると、指の間にあるのが不思議だって感じで、じっと煙草を見つめるんだ。そして煙を吐き出して、煙草の火に吹きかける
「てめえに質問するから」とやつは言う。「答えをよこすんだ」
まるで「金をやるから、ビールを買ってこい」って言ってるみたいにさ
俺はどうして自分がそこにいるのか分かってる。やつも分かってる
すべて分かってるんだから、もう何も話すことはない、って俺は思う
「一つの質問には一つの答えがある」とやつは言う
「自分は結婚していて子供がいる」とやつは言う
浜辺にいるこの男を想像してみる。日焼けしたこいつの奥さんが、痕がつかないようにブラジャーの吊りひもを外してタオルの上にうつぶせに寝そべっている。
彼女は美しい。そして眠っている
男は子供と波の中に飛び込む。海を愛し、妻を愛している。子供たちもまた美しい

とても平和な場面だ。けど、俺はその映像の中にはいない
誰にも精霊がいる、とおふくろは思ってる。誰にもサツがいる、と俺は思ってる
多分、おれのサツは、俺が生まれたときからおれのことを待ってやがったんだ
やつが俺のことを待たなくなる日はどんな日なんだろう？
おれのサツはひとりぼっちで、やつの電話は鳴らない
アメリカのテレビドラマでは電話は鳴りっぱなしさ
俺のサツは落ち着き払っている
殺し屋のように
映画なら、落ち着かないのはサツの方さ
そこでは、落ち着きのないのは俺で、手のひらは汗で滲んで、まっすぐに伸ばした膝が震えはじめる。なぜだかは分からないけどね
俺にお世辞を言うように、やつが俺を侮辱するそのやり方で多分震えちまうんだ
オヤジもこんな場面を経験したんだろうか？
極端に落ち着き払ったサツを前にして、震えたことがあったんだろうか？　サツに間抜け野郎呼ばわりされたことがあったんだろうか？
平手打ち、そう、奴は平手打ちって言葉を口にした。まるで、俺が言いたくて言

ってるんじゃないんだよ、っていう風にね
奴は俺に平手打ちを食らわそうとする。このうすのろ野郎は、俺を思いっきりぶっ叩こうとするんだ
俺が最後に喧嘩したとき、相手は俺の左目の下に触れて、指輪で俺の肌を引き裂きやがったんだ
そいつの一撃が余りに早くて、痛いって感じる暇もなかった
五分経って、肉が目を覚まし、俺は意識を取り戻す
今度は俺が奴をぶん殴る。倒れたところをまたぶん殴ってやった。奴が呻き声を上げた時、
「やめろ、死んじまうぞ！」って、誰かが叫んだ。すると、俺は泣き始めたんだ
俺がなんで泣いてるのか誰にも分からなかった。俺も分からなかった
その後俺はもっと泣いた、痛くてね
でも、どうして泣き始めたかは分からなかった
周りの奴らはこう言っていた。「殺しちまったぜ。いったい何でこいつはあんな風に泣いてやがるんだ？」
「こいつやばいぜ。そっとしといた方がいいよ」って誰かが言った

俺には分かる。おふくろが俺のために祈ってるのが。でも、その祈りは俺には届かない
おふくろは、自分の祈りがこの地上では誰にも届かないのを知らない
祈りは神様に届くんだ。でも、神様はもうやれることはみんな俺にしてくれた
俺にとっていいことも悪いこともね
神様は俺をお創りになり、サツもお創りになった
おふくろは俺を愛してる。おふくろの愛は俺を哀しくさせる
愛は俺を二つに引き裂くんだ
俺の半分が、もう半分を殺したがってる
おふくろは殺したがってる半分の俺のことは何も知らない

C.

ポリ公　（少年に向かって）始めるかい？

6　ヤク中娘の戯れ歌

娘

「今日の私は気分ワル
でも意外に心はノーマル
だけど不快感ここに極マル」

気に入ったら歌いなさい
狂って歌い続けなさいよ

「やつはいない、あそこに
まだいない、あそこに」

退屈な歌

「やつは通っていった、ここを」

うろたえちゃだめ
うんざりさせないで

「やつはまた通っていく、あそこを」

ぶるぶる震えてがたがた歯をならすのやめなさいよ
この中で
私は待つ、いつまでも待つ、ずっと待つ

「早く来て、とびっきりのワル
私に足りないのは……」

私に足りないのは何？
マルとかワルとか馬鹿な語呂合わせ、バカバカしくて頬に涙が伝ワル、なんてね
今日の朝

朝っていつの朝？
ホテルで
ホテルってどのホテル？
あの男とあの娘が
あの娘って、どの娘？
「とっても気に入ったよ、君」ってあの男が言う
「気に入ったなんて言葉じゃ生きてはいけないわ」と娘が言う
「いくら？」ってあの男が聞く
「五〇〇」って娘は答える（一〇〇〇って言うべきだったかしら）
「取引は取引さ」とあの男は言う
「ブツと引き換えさ
それでギブアンドテイクだろ」
朝
五〇〇どころか何にも払わずに
ずらかっちまったとびっきりのワル
娘は（どの娘？　いつの朝？　どのホテル？）部屋代を払ったのでした

こんな話、平凡極マル
「アルで踏む韻
例えばリアル
ワルで踏むより
味がアル
あー、ノーマル
ノーマル」

7　弾倉に一つ弾を詰め込むように

少年　もう一度言えよ
娘　ちょうだい
少年　人間腐らなきゃあ、あんなもんにどっぷり浸かるってことはない
娘　週末には払えるわよ
少年　俺の居場所は分かってるだろ

娘　今必要なのよ！
少年　うちじゃあ後払いは御法度だ
娘　ひどいわ、私を一人にしていくなんて
少年　おめえがルールを守る女なら、ヤクが切れておたおたする必要もねえんだよ
俺は、おめえみたいなヤク中のうすら馬鹿を置いてきぼりにしたことなんか一度もないからな
娘　ルールは守るわよ
少年　おめえは、ヤクが切れたアマの振りをしてやがる
週末に払うからなんて言って、おれを騙そうとしてるんだろ
娘　払うわ絶対に
少年　どうやって
娘　何とかするわ
少年　いつ払う？
娘　明日
少年　なんで今日じゃ駄目なんだ？
娘　時間をちょうだい

少年　時間なら、好きなだけくれてやるさ
ヤク中のうすら馬鹿には不自由してないんでね
娘　何とかする方法があるはずだわ
少年　おめえが払えば、俺は望むものならなんでもくれてやるぜ
娘　ねえ、あんた私が欲しいでしょ？
少年　おめえはいったい何しに来たんだ。ヤクが欲しいのか、それとも犯（や）られにきたのか？
娘　ギブアンドテイクよ
少年　なんだ、そりゃあ
俺はヤクをくれてやる
で、おめえはいったい何をくれるんだ？
娘　私は、私をあげるわ
少年　おめえ自分を何様だと思ってやがるんだ？
娘　私はあんたのものよ
少年　おめえなんか、行き場のなくなった可愛いブルジョア娘、ヤク中の馬鹿おんなでしかねえ

娘　その通りだわ
少年　オチンチンのしゃぶり方を覚えたらまた会いにきな
娘　あんたの望むことをするわ
少年　じゃあ、先ずは黙るんだ！
娘　なんでも言ってちょうだい
少年　この椅子の脚を手にとって、それをオマンコに突っ込みな
娘　やったら、くれるの？
少年　つべこべいわねえで、やれ
娘　一本打ってからじゃだめ？　そしたらしてあげる
少年　やっぱりやめだ、こうしよう。
　お前は糞をして、それを喰らうんだ
娘　それだけは勘弁して
少年　ギブアンドテイクさ
娘　汚いことしか頭にないんだね、あんた。口をついて出るのは下卑たことば、頭の中は糞味噌だらけ
少年　失せろ！

娘　あー汚らわしい、汚らわしすぎるわ、やめてちょうだい！

少年　……

娘　ああ、どうかゆるして。気分がとっても悪いの

少年　俺に許しを請え

娘　ごめんなさい。全然そんな気はなかったんだけど……

少年　ひざまづけ！

娘　（言われたとおりにしながら）ごめんなさい

少年　もう一回

娘　ごめんなさい

少年　私は単なるヤク中の馬鹿おんなです

　　私はあなたの犬になります

　　言ってみな

娘　私はヤク中の馬鹿おんな

　　あんたの犬になります

少年　行き場のなくなった可愛いブルジョア娘がいま糞を食った

　　おめえは犬以下だな

犬どもが糞を喰らうのは見たことあるが
無理矢理糞を喰らわされるのなんて一回も見たことがねえぜ
今からおめえのやるべきことを言ってやるから、ちゃんとやるんだぞ
一つ、おれが命令し、おめえは従う
命令に文句を言っちゃいけねえ、めそめそ泣いてもいけねえ、異議も抗議もだめだ
二つ、おめえが考えてることは俺にはどうでもいいことだ。おめえが愉しもうが、愉しむまいが、そんなことはどうでもいい。おめえなんか俺にはどうでもいいんだ
三つ、おれはおめえを、この倉と同じように使ってやる。おめえは、道具や武器みたいなもんだ
倉ってえのはなあ、がっしりとした戸とちょっとばかり暖房がきいてなきゃあ役にたたねえ
道具には油、武器には弾薬が必要なのさ
おめえにはヤクが必要で、俺が供給してやるんだ
ちょうど戸に油を差すように、弾倉に弾をこめるようにな
その後で、俺がおめえをどうするかは、俺の自由だ
いいな?

娘　はい
少年　繰り返して言ってみな
娘　あんたが私をどうしようとあんたの自由

8　何か獣じみたもの

母　（サッに向かって）七歳になったその日に、公園にいる一人の少女を憶えている
アルバムに貼られた写真の下には、父親がこう書いていた「公園で一番美しい
花」ってね。
愛するなんて何の役にも立ちゃしない。何もかも逃げて行っちまう、しおれた花
をどれもこれも踏みにじって行っちまう
それでも愛はあったんだよ
彼と私が川岸を散歩した夏の夜のあの歌
四つの単語を三つの音にのせて、すべては言い尽くされたんだ。だけど、何にも
意味がなかったんだよ

愛するなんて何の役にも立ちゃしない、ひどい話さ
何かをあげるって人はいつも言うけど、何をくれるのかは言ってくれないんだ
「愛」って言葉を口にするくせに、頭にあるのは時間のことだけ
自分の時間を愉しむだけで、人の時間は奪っていってさ
人を愛せば、哀しくひとりぼっちになるだけさ、老いぼれた花はみんなそうさ
私達は愛しちゃいない、ただ平和が欲しいだけ
子供達が生まれて、男達は去っていく
子供達は私らを憎むんだ、この世に生み落としやがって、ってね。そして子供達も去っていく
私らは子供達を憎むんだ。人を愛せばみんなひとりぼっちになるってことを教えてくれたんだからね
なにもかもふみにじっちまう、なにもかもね

ポリ公　あんたの娘は
母　子供達は私らを憎んでる
ポリ公　あんたを殴った
母　人生をよくご存知のあなた、母親を殴る娘についてどう思います？

ポリ公　俺のことに限りゃあ、娘が母親を殴るなんてこたあないだろうね
母　七歳になったその日に、公園にいる少女
ポリ公　質問させてもらうよ
母　告訴するつもりはないのかい？
「公園で一番美しい花」
ポリ公　時間を無駄にしやがる
母　人を愛せば哀しくひとりぼっちになっちまう
ポリ公　あんたの娘は家を出て行った
母　六ヶ月前にね
それから音沙汰なしさ
ポリ公　成人かい
母　ああ
ポリ公　で、昨日ひょっこり現れた
母　仕事から帰ってみると、いたんだよ。あたしの部屋を漁ってた
ポリ公　それで
母　お互い目があってね、あいつの目は……

ポリ公　目がどうだったんだい？

母　何か……

ポリ公　はっきり言いなよ

母　何か獣じみた目をしていた

（娘、フラッシュバックで登場）

お前どこに行ってたんだい？

娘　どこって危ない場所じゃないわよ

私が行かなきゃならないところに私は行くの

一〇メートル平方の中で世界一周するのよ

何かおかしな動物じみたところがあるって、狂ってるわ

本当にぞっとする

世界はゴミためだって、あんた知ってた？

知ってて何にも言ってくれなかったのね

母　何を探してるんだい？

娘　ゼニ

母　ありゃしないよ

娘　あんたがため込んでるの知ってるわよ
母　いざというときのためだよ
娘　例えば、娘がゼニを欲しがってるときとか？
　　私はあんたの娘、ゼニが欲しいんだからよこしなさいよ！
母　何に使うんだい？
娘　答えがわかってるんなら質問しないで
母　わかんないのさ
娘　想像力が足りないってことね
　　よこしなさいよ忌々しいゼニ
母　びた一文やらないよ
ポリ公　で、殴ったわけだ
（娘の姿が消える）
母　あの子は絞め殺そうとしたんだよ
ポリ公　それでも告訴しないのかい

母　金をやっちまった
ポリ公　いくら？
母　三〇〇
ポリ公　あんたは娘に金を渡す
　そしてあんたは告訴はしない
　公共の秩序は守られるってわけだ
母　あの子はヤクやってるよ
ポリ公　ヤクは高くつくからな
母　なにもかも踏みにじって
ポリ公　金ほしさに盗みを働く
母　なにもかも逃げていく
ポリ公　あるいは稼ぐ
母　それでも愛はあったんだ
ポリ公　稼いでヤク買って
　ヤク打って、どうやって稼ぐのかを忘れるんだな
母　人を愛したってなんにもならない

ポリ公　それが物事の秩序っていうやつだ

9　ウサギ

娘　（母親に）あんたは思う、私がどこに行ってたかってね、そして私に尋ねる
でも、私がどうなったのかは尋ねない
映画の冒頭を話してあげるから、聞いてちょうだい
バス停がある、そこで私は立ったまま
一日中煙草をふかして待っている
その正面に、大きな空き地があるの
何百匹ものウサギがそこに暮らしてる
ウサギたちは、草の影から私を見てて、車が近づくと逃げていくの
車のドアに肘をついて、客引きをしているとね、運転席の窓ごしにウサギたちが
遠ざかっていくのが見えるの
毎晩、私の血管から血が注射器に流れ出て、ヤクに混ざり合うとき

深い草の中に逃げていくウサギたちがまぶたの裏に浮かんで、まるで私もウサギと一緒になったような気分になるの
あんたは思う、どうしてそんなことをするのかってね、そして私に尋ねるけど、どうしてそんなことが存在しているのかは尋ねない
私は一人の男のもの、自由の利かない男
あんたは思う、どうやったらそんなに身を持ち崩せるのかって、そして私に尋ねるで、私はあんたに聞きたいの
頭の上で進んでいく世界の、どこが上で、どこが下なのかしら？

10　女優になりたいと夢見ている少女達のための場所はない

ポリ公　客引きやって長いのかい？
娘　わたしの尻だけみてなさいよ
そうすれば、意味のない質問なんかしなくてすむからさ
ポリ公　恐くないのか？

娘　あんたのこと?
ポリ公　頭がいかれたやつかもしれねえし、娼婦を殺しちまうかも知れねえんだぜ
娘　メーター回ってるの忘れちゃこまるわよ
ポリ公　三十分経過、おしまい、っと
（あらたにお札を見せながら）しょうがねえ、これで一時間だ
娘　私がやんないことがあるってことも言っておきたいんだけど
ポリ公　例えば、なんだい?
娘　私が何をやらないかは教えないってこと、とかさ
ポリ公　おしゃべりは駄目かい?
娘　あんたの奥さんの話なら遠慮なくどうぞ
ポリ公　俺にはあんたと同い年の娘がいる
娘　私のおしりに一発喰らわそうなんて、思っちゃ駄目よ
ポリ公　両親について話してくれないか?
娘　それも駄目
ポリ公　あんた、なんてえ名だい?
娘　どんな名前がいいかしら、シンディー?　それともタバサかしら?

ポリ公　セシルがいいなあ。響きがぴったりだ
娘　あなたに私の名前を言ったのは誰？
ポリ公　もう「あんた」とは言わないのかい？
娘　お金を持って、行ってください
ポリ公　少し腕を見せてくれないか？　セシル？
娘　私をそんな風に呼ぶなんて、あなたいったい誰なの？
ポリ公　秩序マニアさ、セシルちゃん
俺は、あるべきものがしかるべき場所になきゃあ気が済まない
注射器は薬局に
若い娘はピアノのレッスンに
女衒と売人はムショにな
腕に注射の穴を開けまくった娼婦を通りで見かけたら、
拾って片付けるんだ
娘　おたがいいいコンビね
私は精子のゴミ箱で、あなたはゴミの収拾人
ポリ公　客引きの現行犯と麻薬の常習で逮捕ってとこだが、罪を軽くする方法があるから

教えてやろう
無理矢理男をとらせるために、ヤクを打たされたんだって、言ってくれればいいんだがな
あんたが泣けば、俺が情けをかける、そしてあんたがげす野郎の情報を売るんだ

娘　私はここの人間じゃない、ここにいたこともない
いるのは、一人の娼婦、ヤク中の馬鹿おんな、そしてわたし
ヤク中の馬鹿おんなが注射しているのを見ている私
娼婦が自分のあそこにワセリンを塗っているのを見ているわたし
ヤク中の娼婦が、この倉の中でとろ火で焼かれて、サツに調理されているのを見ているわたし

ポリ公　一人の娼婦、一人のヤク中の馬鹿おんな、その通りだ。だがな、まだ足りないものがあるぜ
自分の母親を殴る娘が欠けてるだろ

娘　情夫（おとこ）のことをたれ込む密告屋を使って、すべてを手の内にって魂胆なんだね
整理整頓が好きだって仰ってたけど、すべてを無茶苦茶にして混乱させてるだけじゃないか

ポリ公　おまんまを口にするには、手先も使うさ
この街じゃあ、多くの奴らが取引を理解して同意してくれてるんだ
一日八時間、一週間に五日、テレビのチャンネル変えたり、生け垣を刈り取ったりする権利を得るのに汗水流して働いてる
奴らが理解できないこと、奴らが同意しないこと、それはだなあ、自分の新築のあばら屋に書かれたスプレーの落書き、ガキが遊んでる庭の芝生に捨てられた使い古しコンドームなんだ
それで、俺は取引に参加する、ギブアンドテイクってわけさ
車や服やポテト付きのハンバーガーを作るのには工場とサツが必要なのさ
奴の名前を教えろよ

娘　私は幼い頃、女優になりたかったの

ポリ公　俺はレーサーさ、で奴の名前は？

娘　そのあとわかったのよ、世の中がどんなものかって、この街やあなたが言ってることがどういうものかってね
糞ばかり積み重なって、人間達はあたふた急いでばかりで、女優になりたいと夢見る少女達のための場所なんてなかったのよ

ポリ公　少女達を娼婦に仕立てる社会のくずのための場所もな
あいつの名を白状しろよ

娘　娼婦、ヤク中の馬鹿娘、その通りだわ、自分の母親を殴る娘、これもその通り
でもね、密告屋じゃない

ポリ公　笑わせるぜ、お前奴のこと愛してるのか？

娘　愛してなんかないわ

ポリ公　そりゃあよかった
奴はどこに張り付いてやがるんだ？

娘　あなたのうしろよ！

少年　（拳銃を握って、サッの首筋につきつけている）動くな！

11　あたしたちはそこから戻ってくることはない

娘　（母に向かって）あんたはあたしを見ているけど、あたしが見えてない
あんたはあたしが立っているバス停みたいなもの

母

男達があんたを捨てていった場所に置かれた物
満員のバスや悲しい顔をした乗客の物語なんかにあんたは関心がない
「帰ってきたのかいおまえ？　本当におまえかい」って言って、驚いたまま呆然としてるの
まるであたしが死んでて、あんたが生きている、と言わんばかりにね
あたしたち二人は、死を、両足で取り囲んでやったのよ、
死が、あんたとあたしを二人とも、しっかりと捕まえられるようにね
あんたは退屈して、あたしは反抗して、二人とも無防備に、死に向かってこっちに来てと叫ぶの
死がやってきて、あたしたちを捕まえ、お腹の中を一杯にすると、あんたもあたしも体の中から
命が凍っていくのを感じるの
その時、生きるっていうことが何なのか理解するの、だって、あたしたち死んじまったんだからね
そして、あたしたちはそこから戻ってくることはない
なにか恐ろしいことが起きたんだ、身の毛のよだつようなことが

娘　　　　母

おまえの服や髪の毛の中に破滅のにおいがする
おまえの肌に破滅の相が読み取れるよ
おまえの周りを、鬱陶しい暑さみたいに破滅がぐるぐる回ってるのさ
母親が何を感じるかなんておまえには分かりもしないだろうよ
あたしはおまえのことが生まれた日のように感じられるんだ
あたしの上に、部屋全体に押し寄せる破滅的なあの波動のなかでおまえはおっぱ
いを探していたんだ
誰か死んだんだね？
あんたのその母親の直感っていうやつはよーくわかってるわ
予感だなんだってわけのわからないこと言って、それが自分の母親としての本性
を証明するための根拠みたいにあんたは地球全体に押しつけようとするのよ
「鏡よ鏡、鏡さん？　私って平凡かしら？」って具合にね
あんたは言葉の後ろに立て籠もって、人一倍不安におびえてる女にすぎないのよ
誰かが死んだですって？　おめでとう、あんたは本物の母親だわ！
母親になるには子供が必要さ
おまえは一度だって娘らしくしたことがあるかい？

娘　全地球に向かって自分の方がすぐれていると言うために、おまえは家を出て行った
で、結局道ばたで骨の髄まで薬漬けさ

母　さあ、あたしに破滅を告げておくれ

娘　破滅、それはサツよ

母　多分あんたにお礼を言わなきゃいけないわね

娘　あたしは告訴しなかった

母　なんてお優しいんでしょう

娘　それ以上踏み出すわけにはいかなかったのさ

母　サツは死んだわ。気をつけてものを言ってちょうだい

娘　おまえが殺ったのかい？

母　落第ね、不合格！

（彼女は出て行く）

12　獣はどこに行った?

少年

（サッの死骸に向かって）映画は終わりだ
おふくろはだれにでも精霊はいると信じてるけど、俺は誰にでもサツがついてると思ってる
俺のサツは生まれたときから俺のことを待っていたんだろうか?
あらかじめ、シナリオはできあがってたんだろうか?
それは獣の姿をした一人の男の物語
獣の姿をした一人の男は、通りを、駅を、駐車場を歩いている
男はハイウェーの土手に生えた真っ黒な草の上を歩いている
男はこう考える「男の姿をした獣どもが車を走らせている」と
獣の姿をした男は鉄道の線路のゴミが散らばったバラストの上を歩いている
男はこう考える「男の姿をした獣どもが妻と一緒にヴァカンスに出かける」と
獣の姿をした男は、刑務所の外壁に沿って歩いている

男はこう考える「男の姿をした獣どもが法でこの世を牛耳っている」と
獣の姿をした男は、高圧線のうねりのなかを歩いて行く、墓場の砂利の上を歩いて行く
男はこう考える「法は獣を男の姿にしてしまう」と
獣の姿をした男はこう考える「法なんてものは、弱者や子供、奴隷や愚かものたちを騙す、疑似餌にすぎないんだ」と
男はこう考える「法なんて無意味だ」と
獣の姿をした男は歩くのをやめ
サツを殺る
彼のサツ
そしてこう考える「この映画の中で、俺は、男の姿をした獣を殺す獣の姿をした男の役を演じている」と
すぐに彼は「そうじゃない」と考える
獣の姿をした男の目には、男の姿をした獣が棍棒で彼のケツを殴るシーンが浮かぶ
獣が殴り、男が叫び声を上げる
そして、獣の姿をした男にはラストシーンが目に浮かぶ

獣の姿をした男は言う「振り返るなよ」
そう言ったのに、男の姿をした獣は振り向く
男の顔のアップ
「振り向くなって言ったじゃないか」
だが、男の姿をした獣は動くのをやめない
「おまえ、馬鹿はよせ！　落ち着いて話そうじゃないか」
獣の姿をした男は言う「薄汚ねえ獣が！」
弾が放たれる
壁に投げつけられた体
血が噴き出し、やがて止まる
何も起こらない
もはや何も起こることはない
獣の姿をした男はこう考える「男の死骸。いったい獣はどこに行っちまったんだ？」と
これは多分映画の始まりだろう
一人の男が一人の男を殺す

耳の中で拳銃の響きが止んだとき
男の頭の中には獣の叫びが聞こえてくる

解題

本書は、エンゾ・コルマン作、『ギブアンドテイク』および『天使達の叛逆』の全訳である。訳出にあたっては、それぞれ以下の版を使用した。*Donnant Donnant* in *Je m'appelle et autres textes*, Editions de Minuit, 2008, *La Révolte des Anges*, Editions de minuit, 2004。

エンゾ・コルマンは一九五三年アキテーヌ地方で生まれた。演劇への情熱に駆られて一九八〇年代初頭から劇作を発表し始め、一九八二年に出版され翌年初演された『クレド』から現在まで三〇作余りの戯曲を執筆し自ら演出も手がけている。また作品のいくつかは一〇ヶ国以上に翻訳されている。その他にも小説、演劇に関するエッセーの執筆、ジャズミュージシャンとの共演による即興的な舞台の創作、さらにはラジオ用の楽曲を作曲し、モーリヤックの作品を翻案し舞台化するなど演劇の枠組みに囚われない多彩な活動を行っている。劇作家としては、一九九五年から九八年までストラスブール国立劇場、次いで一九九八年から二〇〇〇年までヴァランスの演劇センターとの協力の下自らの作品を劇場に提供し、同時に一九九五年から二〇〇〇年までストラスブールの劇芸術高等専門学校、その後現在までリヨンの舞台芸術技術国立高等専門学校（通称エンサット ENSATT）で教鞭を執り演劇に志す後進の指導にあたっている。

さて、作品を繙いてすぐに気づくのは、コルマンが直接、間接にサミュエル・ベケットの影響を受けていることだ。簡素な舞台設定、少数の登場人物が口にする地口や洒落といった言葉遊び、さらに存在への根源的な問いかけ、終わりなき物語など、ベケット芝居でお馴染みの要素がそこには見え隠れする。『天使達の叛逆』のセリフにはそのベケットへの直接の言及も見られるから、この劇作家に対するコルマンの愛着は深いようだ。しかしながら、その作品は、単に現代演劇の延長線上にあるだけでなく、ギリシャから現代に至る作者自身の演劇への深い愛着と省察に裏打ちされていることも事実だ。また、演劇にとどまらず、現代哲学、小説、詩などさまざまなジャンルへの造詣の深さも作家としての彼を支えている重要な要素だと思われる。彼のホームページ（http://www.cormann.net/）に設けられた「ノート」と題された引用集には、モンテーニュ、ハイデガー、ドゥルーズといった哲学者、スタンダール、メルヴィルなどの小説家だけでなく夥しい数の作家、哲学者からの引用がちりばめられていて、コルマンの視野の広さが納得される。

先にも述べたように彼は、ジャズミュージシャンとの即興的舞台で自らの言葉を奏でるヴォーカリストとして活動しているが、ネット上で公開されているあるインタビュー（Entretien avec Enzo Cormann, théâtre-contemporain.net）において、『天使達の叛逆』に触れながら、この戯曲では「言葉をトランペットのように奏でる」ことを目指したと語っている。モダンジャズに少しでも親しめばわかることだが、モダンジャズとはまさに即興性の産物である。トランペット、ベース、ピアノ、ドラムが思い思いの音を奏で、音と音、リズムとリズムがその場限りの出会いの中に新たな世界を構築する。コルマンはこのモダンジャズの持つ、瞬間的な創造、一回きりの二度と再現されえないテイクに魅了されているのだ。なるほど、この戯曲の原文は句読点をほぼ欠いていて、また登場人物達のセリフも相手からの反応を無視したかのように吐き出され、また一つ一つの言葉がスピード感を持って新たなセリフを生みだしていくような印象を受ける。実際コルマンのホームページ上で作品の上演映像の一部を見ることができるが、三人の俳優が決して目をあわせることなく、それぞれが自らのセリフをお互い決して呼応する必要がないと言わんばかりにぶつけ合っている様が見て取れる。

しかしながら、演劇における言葉は、ちょうどシュルレアリスムの自動記述のように、あるいはジャズの音のように、その場で偶発的に創り出されるものではない。コルマンは「他者の言葉」で語ることが劇作家に与えられた唯一の使命だ、と『天使達の叛逆』の緒言で述べているが、彼の演劇は、どこかで語られた言葉を舞台空間という現在に蘇らせ、それらを自らの現在の言葉と対話させることで構築される世界なのである。『天使達の叛逆』では、チェット・ベイカー、ジャン＝ミシェル・バスキア、ベルナール＝マリ・コルテスという三人の、奇しくも同時期に死去した芸術家を舞台に召還する。そこでコルマンは、彼らの生前のインタビューなどから選び取られた言葉と、自身の想像による言葉を織り交ぜ、まさに舞台という現在時において、一度も出会ったことのない三人のありえたかも知れない架空の対話を再現している。即興性はそうした過去の言葉の再現を支える不可欠な要素だということとなるのだろう。

次に、この作品の中心主題としてあげられるのが「一つの型への固定化からの逃避」である。それは「一つの意味へ回収されることからの逃避」と言い換えてもよい。

「俺たちの同類は、生きている俺たちを天使にしてしまうのさ／もはや俺たちの死だけを心待ちにして、自分たちの度を超した称賛を思う存分ぶちまけようとしているのさ／間違いなく、死者の名を称賛するほうが都合がいいからな」

登場人物の一人ベルナール＝マリ・コルテス（陽気な無法者）の語るこのセリフからもわかるとおり、称賛も非難も含んだ芸術家に対して投げかけられる有象無象の人間による言葉は、芸術家達を「棺」に閉じ込め、一つのイメージに固定化することで彼らを不滅にしてしまう。コルマンはまた、先に触れたインタビューでこの固定化を「ミイラ化する」という言葉で表現している。なるほど、チェット・ベイカー（嗄れ声の王子）は、自らの音がデジタル化され複製されることを嫌悪し、ジャン＝ミシェル・バスキア（光り輝く子供）は美術館を呪い、コルテスは書かれた言葉から逃れ、書くことの本源的欲求へと、書くことそのものへと立ち戻ろうとする。三人の芸術家達がそれぞれのやり方でこの「ミイラ化」に対して企てる彼らの「叛逆」の詩としてこの作品は立ち現れるのだ。劇は自分たちを見つめている誰かに怯え、彼らの言葉によって意味づけされることから逃れようとする三人の姿で幕を閉じる。彼らは永遠に繰り返されるこの逃避の円環の中の住人なのだ。即興性と意味づけからの逃避という主題は、コルマン劇そのものがある一つの固定されたイメージから回避しようとするその動力として働いているように思われる。

もう一つの作品『ギブアンドテイク』は、人間存在の、人間の関係性の逃れられない鋳型の中でもがき苦しむ人間達を描いた、喜劇味を織り交ぜた小品だと言える。この戯曲は、第五場の表題「今や彼らは、この広大な地球に二人だけ」と題された一幕物の芝居がもとになっており、登場人物を四人二組に増やし、人間の関係性を複雑にして完成された。彼ら四人が住む世界は、その題が示すとおり、徹底的に市場の原理、あるいは人間の関係性の原理によって成り立つそれである。娘に盗みを働いて欲しくなければ母親は金を渡すしかなく、娘はヤクが欲しければ金とセックスを引き換えにしなければならず、金が欲しければ体を売る。さらには、密売人の少年にはゴミ捨て場があり、ポリ公はそれ以外の世界を所有する、密売人の少年がどんな態度をとろうともポリ公からの拷問が待ち受けている。全てはこの抗いがたい関係性の中にあって、登場人物達はそこから逃れることはできない。愛することで愛されると信じ込み男に捨てられた母親とて、その相思相愛の幻想から抜け出すことができない。全てはギブアンドテイクで成り立つ世界。この動かしようのない世界を断ち切る方法、それは目の前の相手を消すことだ。作品の終わり、少年は遂にポリ公を待ち伏せして拳銃で殺してしまう。だが、映画のラストシーンだと思ったその場面も、もしかしたらまた新たな映画の始まりなのかも知れないことが示唆される。人間は新たな関係性の網の目に掬い取られ、ここでも、円環は閉じることがない。

『天使達の叛逆』は一九九九年にモイーズ・トゥーレ演出によってエピネー＝シュール＝セーヌ劇場で初演され、その後作者自身による演出で二〇〇四、二〇〇五年に再演されている。『ギブアンドテイク』に関する初演情報は見つからなかったが、先にも書いたとおり、この作品のもとになった『今や彼らは、この広大な地球に二人だけ』が一九九八年、アムネスティー・インターナショナル主催の「忘却に抗う演劇」と題された枠組みの中で上演されている。

十八世紀を専門とする門外漢故、この度の翻訳作業において現代演劇に特有の俗語をちりばめ、言葉遊びを多用する文体にいささか手を焼いた。また、日本語には到底そのままでの翻訳が不可能な箇所は、例えば『ギブアンドテイク』の娘の戯れ歌のように韻を踏むという一点だけに気を配って、意味内容を最初から捨てた場合もある。いずれにせよ、コルマンの躍動感あるセリフ回しを日本語で伝えられたかどうかは心許ない限りで、その結果この作家の誤ったイメージを伝えてしまわないかと危惧するばかりである。

末尾になったが、この度この翻訳の話をくださり、拙い訳稿をお読みいただき適切な指示を与えて下さった日仏演劇協会の先生方に、また、中々進まない作業を辛抱強く待っていただき、同時に適切な指示を与えて下さった八木雅子先生にもこの場を借りて深甚なる謝意を表したい。

訳者

二〇一三年一月

エンゾ・コルマン Enzo Cormann
1953年生まれ。フランスの劇作家、演出家、俳優、小説家。代表作に『クレド』『サド、地獄の合唱』、本書所収の『天使達の叛逆』など。サクソフォン奏者ジャン＝マルク・パドヴァーニと「グランド・リトルネロ」を結成しジャズと詩を即興的に融合した舞台を展開している。

北垣　潔（きたがき・きよし）
フランス十八世紀文学研究。カリタス女子短期大学准教授。著訳書に『十八世紀フランス文学を学ぶ人のために』（共著、世界思想社）、『フェルナン・ブローデル歴史集成』II, III（共訳、藤原書店）、叢書『アナール 1929 − 2010』I, II（共訳、藤原書店）

編集：日仏演劇協会
編集委員：佐伯隆幸
齋藤公一　佐藤康　高橋信良　根岸徹郎　八木雅子

企画：アンスティチュ・フランセ日本
（旧東京日仏学院）
〒162−8415
東京都新宿区市ケ谷船河原町 15
TEL03−5206−2500　http://www.institutfrancais.jp/tokyo/

コレクション　現代フランス語圏演劇 07
天使達の反逆 / ギブアンドテイク
La Révolte des anges / Donnanto,donnant

発行日———2013年5月20日　初版発行
　*
著　者——— エンゾ・コルマン　Enzo Cormann
訳　者——— 北垣　潔
編　者——— 日仏演劇協会
企　画——— アンスティチュ・フランセ日本（旧東京日仏学院）
装丁者——— 狭山トオル
発行者——— 鈴木　誠
発行所——— ㈱れんが書房新社
〒160-0008　東京都新宿区三栄町10　日鉄四谷コーポ106
TEL03-3358-7531　FAX03-3358-7532　振替 00170-4-130349
印刷・製本—— 三秀舎

 ISBN978-4-8462-0402-0 C0374

コレクション 現代フランス語圏演劇

1 A・セゼール　クリストフ王の悲劇　訳＝尾崎文太・片桐裕・根岸徹郎

❷ M・ヴィナヴェール　いつもの食事　訳＝佐藤康
2001年9月11日　訳＝高橋勇夫・根岸徹郎　本体一二〇〇円

❸ H・シクスー　偽りの都市、あるいは復讐の女神たちの甦り　訳＝高橋信良・佐伯隆幸　本体一四〇〇円

❹ Ph・ミンヤナ　亡者の家　訳＝齋藤公一
N・ルノード　プロムナード　訳＝佐藤康　本体一〇〇〇円

❺ M・アザマ　十字軍／夜の動物園　訳＝佐藤康　本体一二〇〇円

❻ V・ノヴァリナ　紅の起源　訳＝ティエリ・マレ　本体一二〇〇円

❼ E・コルマン　天使達の叛逆／ギブアンドテイク　訳＝北垣潔　本体一〇〇〇円

❽ J＝L・ラガルス　まさに世界の終わり／忘却の前の最後の後悔　訳＝齋藤公一・八木雅子　本体一二〇〇円

黒丸巻数は発売中

＊作品の邦訳タイトルは変更になる場合があります。

演劇関連図書

コルテス戯曲選	B=M・コルテス／石井惠・佐伯隆幸訳	四六判並製	1600円
西埠頭／タバタバ　コルテス戯曲選2	B=M・コルテス／佐伯隆幸訳	四六判並製	1800円
花降る日へ　郭宝崑戯曲集	郭宝崑／桐谷夏子監訳	四六判並製	1700円
最後の一人までが全体である＋ブラインド・タッチ	坂手洋二	四六判上製	2200円
いとこ同志	坂手洋二	四六判上製	1300円
メイエルホリドな、余りにメイエルホリドな	伊藤俊也	四六判上製	1300円
現代演劇の起源　60年代演劇的精神史	佐伯隆幸	A5判上製	4800円
記憶の劇場・劇場の記憶　劇場日誌1988―2001	佐伯隆幸	A5判並製	3800円
身体性の幾何学Ⅰ　高次元身体空間〈架空〉セミナー	笛田宇一郎	四六判上製	2400円
二十一世紀演劇原論	笛田宇一郎	四六判上製	3400円
演出家の仕事	日本演出者協会＋西堂行人編	A5判上製	1500円
80年代小劇場演劇の展開	日本演出者協会＋西堂行人編	A5判上製	2000円
戦後新劇	日本演出者協会編	A5判上製	2200円
海を越えた演出家たち	日本演出者協会編	A5判上製	2000円

定価は税抜き本体価格